러셔

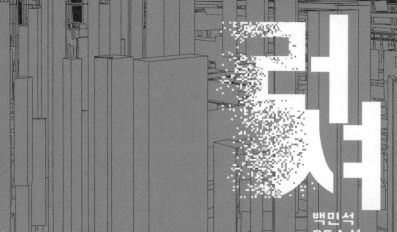

러셔

백민석
SF소설

한겨레출판

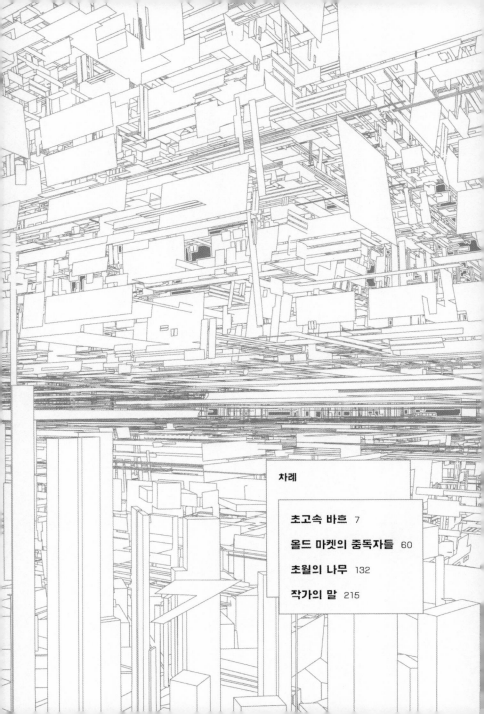

차례

초고속 바흐

허밍이 들려왔다. 거대 팬의 바람이 모래 알갱이들을 쓸어 올리고, 쓸어내리는 소리였다. 지름 영 점 영칠 밀리미터쯤 되는 모래 알갱이들의 틈새를 핥고 훑고 파고드는 소리였다. 허밍으론 거대 팬의 위치를 가늠할 수 없다. 고르지 않은 지형을 통과해 오느라, 그것은 완전 무지향성이 되었고 그래서 둔덕들을 싹 밀어버려 사막 전체를 편평하게 만들지 않고서는 음의 근원을, 거대 팬이 위치한 정확한 지점을 찾을 수 없는 것이다.

'굉장한 호흡 구체를 만들어냈군.'

모비는 모래에 닳아 까칠해진 손톱 끝으로 눈꺼풀을 밀어 올렸다. 그는 눈을 떴다. 회색 사막이 그의 시야에 아뜩하게 펼쳐졌다. 거대 팬은 한 개뿐이지만 사막은 기막히게 넓고, 바람이 흩어져 퍼져나가는 방향은 헤아릴 수 없이 많다. 여기서 한 발만 어긋나게 뻗으면 영 엉뚱한 곳으로 흘러가버릴 것이다. 상황이 나빠, 그는 입술을 빨았다. 조끼를 뒤져 담뱃가루와 페이퍼를 꺼냈고, 궐련을 말았다. 엄지와 검지 새에 끼우곤 있는 힘을 다해 빨았다. 츕, 소리가 길게 났다. 궐련의 열에 한번 더 달궈진 사막의 뜨거운 공기가 그의 입속으로 휘몰아쳐 들어왔다. 이런 데서 불붙은 궐련을 입에 직접 물었다간, 입천장이 다 벗겨져나갈 만큼 화상을 입는다.

그가 올라앉은 둔덕은 바람에 쓸려 차츰 허물어지고 있었다. 그는 그의 시력이 허용하는 가장 멀리까지, 찬찬히 훑어 바라보았다. 지평선에서 지평선까지. 그리고 그가 건너야 할 것은 모래 둔덕들만이 아니었다. 여기저기 띄엄띄엄, 그렇지만 결코 적지 않은 수의 폴립 군체가 회색 사막 전체에 자리 잡고 있었다. 그의 둔덕 십여 미터 앞의 낮은 지대에도 싯누런빛의 덤불이 널따랗게 형성돼 있다. 그는 다시 입술을 빨았다. 덤불의 어떤 것은, 수 제곱킬로미터에 이른다. 여기 버려질 때 목이 부러지거나, 덤불에 빠져 먹히지 않은 것만도 다행이다.

'은퇴할 때가 됐어, 그렇지?'

그는 호흡 구체의 탓을 했다. 확실히 호흡 구체가 망쳐놓고 있다…… 무엇을? 그는 한 손 가득 모래를 쥐곤 가슴 높이로 들어 올렸다. 그러곤 손을 펴, 그 틈새로 모래를 흘려 떨구었다. 모래 알갱이들이 하얗게 퍼지면서, 공중에 잠시 머물렀다가 바닥에 내려앉았다. 꽤 잘 만든 모래 알갱이들이다. 것 봐, 쓸데없는 걱정이 아니라니까. 그는 열에 닳아 바짝 마른 입술을 혀끝으로 핥으며 한숨을 뱉었다.

'날 아주 지워버릴 작정이었어.'

그는 다시 처음의 의문으로 돌아갔다. 궐련 연기가 흩어지는 쪽과 모래 알갱이들이 흩어지는 쪽이 서로 달랐던 것이다. 역시 거대 팬의 위치를 짚어내는 건 불가능에 가깝다. 그는 엉덩이를 떼고 일어서기 전 위장화에서 너클식 단검을 꺼내 왼손에 끼웠다. 버려질 때 용케 몸에 지니고 있게 된 무기다. 오 점 일오 밀리미터 밀스 개조 권총도 있었다. 권총은 유니폼 오른편 손목의 기름때 묻은 토시 속에 있었다. 평소의 습관대로라면 그나마 탄창은 꽉 차 있을 것이다. 둘 다 상시 착용 방어 무기다. 그 얼간이들이 미처 위장화 속과 토시 속을 뒤져볼 생각까지는 못 했던 것이다. 그게 다였다. 그가 가진 것의 다였다. 걸친 것도 전투용 장갑이 아니라, 기내에서 수리공들이나 입는 작업용 유니폼이 었다. 어떤 상황에 놓이게 될진 몰라도 이 정도 장비로 그가 할 수 있는 일은 뻔했다. 도대체 무엇을 칠 수, 공격할 수 있을까. 사람의 피부란 터무니없이 부드러워서 어떨 땐 단검과 밀스 개 조 권총만으로도 만족할 만한 결과를 얻기도 하지만, 앞으로 그 가 상대해야 하는 건 사람만이 아닐 것이었다. 열기와 덤불, 그 리고 그가 지금은 알지 못하는 어떤 것이 있을 것이었다. 보유 무기의 적정량이란 단독 전선(單獨戰線)을 형성할 수 있을 만치 의 양이다. 거대 팬을 찾아 사막을 가로지르는 것이 그의 의지 였다면, 결코 이런 무기와 차림은 하지 않았을 것이다. 그는 무 기 적정량을 지켰을 것이고 피부 보호를 위해 이것저것 걸치고, 끼우고, 부착했을 것이다. 생존 장비도 챙기고 당연히 물도 가 져왔을 것이다. 지금 그가 마실 수 있는 건 자기 피와 오줌뿐이 었다.

'좋아.'

그는 어쨌거나 돌파한다는 정신을 갖기로 했다.

'가상 차원 사막을 횡단하기에 딱 좋은 차림이로군.'

그는 빠르게 허물어져 내리는 둔덕 아래로 한 발을 내디뎠다.

*

"어쩌자고 그랬어!"

메꽃은 두 뺨을 파들파들 떨었다. 동료들이 그녀의 뒤통수를 쳤다.

"그 자식, 너무 강했어. 그렇게까지 거친 육체는 공동 작업에 어울리지 않아."

플랫폼에서 탱크에 기름을 칠하던 기술자가 쭈뼛거리며 답했다. 그럴 수도 있지 않느냐고 했다. 어차피, 단독 행동하던 자식 아니었느냐고 했다.

"그 자식 육체가 너무 강한 것이 아니라, 너희 육체가 나약해 빠진 거겠지. 그 자식과 감응 균형을 맞추기 힘들었던 거겠지."

그녀는 신경질이 난 김에 한참을 더 퍼부어댔다. 동료들의 오판으로 대단한 능력자를 놓쳐버렸다. 며칠 올드 마켓으로 쇼핑을 갔다 왔더니 그새 길드 내부 상황에, 모비가 쫓겨나 행방을 잃은 것 말고도 몇몇 지저분한 변화가 있었다. 우선 에어 독의 경수송선 모델이 중수송선 모델로 바뀌어 있었고, 술 취한 러셔 하나가 저 아래 거리에서 오발 사고를 일으키는 바람에 창녀 둘이 죽었다. 포탄 두 상자도 사라졌다. Mk. 2(t) 야그 미사일이었다.

"책임을 물어야겠어! 대장 있지!"

그녀는 소리를 질렀다. 독의 동료들은 그런 그녀를 돌아보지조차 않는다. 상스럽다. 험한 일을 하다 보니 상스러워진 게 아니라, 원체가 상스러운 놈들이다. 이런 데 있어선 도무지 우아해질 수가 없다.

그녀는 기장실로 갔다. 포탄을 팔아먹은 장본인이 거기 있었다. 길드에 그럴 배짱이라도 있는 놈은 에어 독의 기장, 길드의 대장밖엔 없다. 대장의 도박 취미가 독의 자원까지 빼돌리는 지경에 이르렀다. 쏠 포탄도 얼마 없는데 수송선 모델을 중수송선으로 바꾼 이유는 뭘까. 모비를 쫓아낸 것도 대장의 질투심이 발동한 탓일 것이었다. 길드의 리더가 이 모양이니 말단 러셔가 자동소총을 들고 행패를 부리는 것은 당연하다.

"길드를 망하게 할 셈이지?"

그녀는 대장을 노려보며 나지막이 중얼거렸다.

"쇼핑은 즐거웠어?"

대장은 혀뿌리까지 꼬부라진 소리를 냈다. 술병이 반이나 비었다. 대장은 옆으로 비켜 앉으며 과장되게 두 손으로 머리를 가리는 시늉을 했다. 그러곤 변명을 늘어놓았다. 포탄을 팔아먹은 건 부인할 수 없는 사실이지만 다 까닭이 있는 것이다. 수송선 모델을 바꾼 것은 탈주선(脫走線)을 찾지 못할 경우 독을 포기할 것이니 그때를 대비해서 아예 이삿짐까지 실어놓기 위해서다. 러셔들의 이삿짐과 독의 핵심 장비를 실으려면 경수송선으로는 어림도 없다……

그녀는 할 말을 잊었다. 도망칠 궁리부터 하고 있다. 탈주선의 존재는 물론 소중하고, 아직 찾지 못해서 그녀도 걱정하고 있었다. 그래도 수송선에 야반도주 이삿짐부터 실어놓을 생각을 하다니, 이 자식은 어릿광댄가. 그녀가 모비에 대해 묻자 대장은, 독의 동료들과 똑같은 소리를 읊어댔다. 모비의 능력은 인정하지만, 이건 무엇보다 집단행동이고 그래서 그의 거친 육체는 부적합하다는 것이었다.

"그건 알코올 홀릭보다, 약물 중독보다 더 위험한 거야."

대장은 정색하며 말했다. 표정이 딱딱하게 굳은 걸 보니, 진심인 모양이었다. 그녀는 목소리를 누그러뜨렸다.

"모비만 있다면, 포탄 상자쯤은 몇 개 더 팔아먹어도 돼."

"그래?"

"그래. 어디다 갖다 버렸어?"

"쓰레기를 어디에 갖다 버리겠어? 샘 샌드 듄에 가봐."

대장은 짧게 끊어 답하곤 씁쓸하게 웃음을 흘렸다. 샘 샌드 듄? 그녀는 비명이라도 지르고 싶었다.

기계실은 딴청을 부렸다. 메꽃이 몇 번이나 좌표를 입력하라고 신호를 넣었지만 기계실은 꿈쩍도 하지 않았다. 기계실도, 그녀가 무엇을 하자고 호버 탱크에 씩씩대며 올라탔는지 잘 알고 있었다. 왜 다들 모비를 의식할까. 그녀는 잠깐 궁금해했다. 기계실에는 비전투 러셔인 기술자 계급뿐이라 모비와는 행동을 같이할 일도 없을 텐데, 그들까지 지금 그녀를 훼방 놓고 있었다. 독의 활주대를 내려다보며 낄낄대고 있을 기계실 놈들을 생각하니 그녀는 속이 상했다. 겁쟁이들, 중독자 놈들, 그녀는 호버 탱크의 해치에 손을 갖다 붙이곤 엿 먹으라는 시늉을 해 보였다.

"NW05, 필드 좌표 빨리 입력해."

메꽃은 헤드셋에 바싹 입술을 갖다 붙이고는 다시 한 번, 낮게 으르렁거렸다. 그렇게 사나워서야 어디 시집이나 가겠어? 목소리 끝이 갈라지는 것을 보니 기계실장이다. 좌표나 입력해줘요. 그녀는 한숨을 쉬었다. 기계실장까지 나섰다. 혼자서 어쩌려고? 어차피 이 인용이라 아저씨 탈 좌석은 없어요. 뽀뽀라도 해줄 텐가? NW05 좌표나 입력해줘요.

스크린에 좌표가 떴다. 그녀는 엔진에 파워를 넣곤 숨을 한 번 토했다간, 짧게 들이마셨다. 발사. 빨리 갔다 와. 발사. 예, 알겠습니다. 새파란 전광(電光)이 그녀의 시야를 채웠다. 중력감이 사라졌다. 입술이 타올랐다. 이제 그녀는 그저 몇 초 정도뿐일 테지만, 충격으로 의식을 잃게 될 것이다. 어쩌면 화가 나서 날 죽일지도 몰라. 그녀는 모비를 만나면 손이 아니라 권총부터 내밀어야 할 거란 생각을 했다. 전신의 통각이 사라졌다. 이런 느낌, 정말 싫어. 그녀는 의식을 잃었다. 그녀는 이제 없는 존재가 됐다. 반물질이 됐다. 아주 짧은, 그 어떤 시간이 그녀와 그녀의 호버 탱크를 덮쳤다. 실재 차원이든 가상 차원이든, 세상의 어떤 차원에도 그녀와 그녀의 호버 탱크가 존재하지 않게 되는 아주 짧은 순간이.

*

모비는 자기의 참을성을 너무 믿었다. 하루하고 반나절을 줄곧 걸으면서도, 갈증쯤은 참을 수 있다고 과신했다. 그는 정말 오줌이라도 받아 마시고 싶어졌고, 한 발도 더 떼기 싫어졌다. 폐까지 바싹 말라버린 듯 혀뿌리 부근에서 색색 소리가 났다. 태양이 없는 곳이니 밤도 없었다. 당연히 기온이 떨어지는 순간이 찾아와주길 바랄 수도 없었다. 어제 눈을 뜬 그 순간부터 사막의 기온은 유일하게 섭씨 사십이 점 삼 도와 사십삼 점 팔 도 사이에서만 오가고 있었다. 그 많지 않은 기온차는 모래나 광선, 바람 탓에 발생하는 것이 아니었다. 그것은 말하자면 기계 작동상의 예측할 수 없는 하자, 오차였다.

거대 팬을 찾겠다는 생각도 그의 머릿속에서 가물가물해져 있었다. 그는 지금, 거대 팬을 찾아 어서 사막을 탈출해야겠다는 생각으로 걷고 있는 게 아니었다. 그의 두 다리를 움직이고 있는 것은 그저 관성이었다. 갈증은 심했지만, 체력은 아직 다

하지 않고 있었다. 아직은, 움직일 만하니까 움직이는 것이다. 대기의 환경 물질을 호흡하는 데서 오는 증후도 아직 없었다. 목이 칼칼하거나 입안이 텁텁한 것은 건조한 대기 탓이었다. 증후가 있을 만치 들이마신 양이 많다면 그것은, 일주일쯤 지난 후가 될 것이었다. 그리고 다행히 폴립 덤불에 빠지는 일도 열기에 피부가 상하는 일도 없었다. 그는 지난 서른두 시간 동안 단 한 순간도 너클 단검을 쥔 손의 긴장을 풀지 않고 있었다.

그가 능력자 계급이 아니었다면, 그러니까 노동자나 기술자 계급이었다면 이러한 체력은 가능하지 않았을 것이었다. 좀 더 걸을 수 있을까? 그는 자문했다. 물론이지. 그는 자답했다. 그는 머리는 의식을 잃더라도, 두 다리만은 앞으로도 서른두 시간쯤은 더 움직일 수 있을 거라고 생각했다. 그렇게 걸어 운 좋게 거대 팬을 발견한다면, 그것을 뚫고 나가 탈주선을 타는 것까지도 가능할 거라고 생각했다.

어느 쪽 스카이라인에도 거대 팬의 암시는 보이지 않고 있었다. 모래, 모래 둔덕, 덤불, 그리고 그것들의 아무렇게나 뻗은 그림자들과 온통 펼쳐져 있는 흰 하늘뿐이었다. 바람이 불어오는 방향은 여전히 분명치 않았고, 자기 외에 움직이는 것의 기

척도 느껴지지 않았다. 그는 거대한 가상 차원의 필드에서 거의 눈에 띄지 않는 한 점처럼 움직이고 있었다. 에어 독에 발을 들여놓지만 않았어도 이런 생고생은 하지 않았을 것이었다.

처음에 모비는, 아무래도 혼자서는 역부족이라는 생각에 길드의 힘을 좀 빌려보려고 했다. 그쪽 길드의 당장의 목표도 그와 같았다. 그리고 그쪽도 그들만의 힘으론 좀 역부족이 아닐까, 능력자가 좀 더 필요하지 않을까, 하는 생각들을 하고 있었다. 그래서 그와 길드는 서로를 이용하기로 했던 것이다. 여기까지는 좋았다. 그는 길드의 에어 독에서 두어 달 잘 놀았다. 그리고 꼭 마흔 시간 전쯤에, 그는 점심을 먹고 낮잠을 잤고, 깨어 보니 이곳 샘 샌드 듄이었다. 그래서 차림이 이 꼴인 것이다. 낮잠 자다 끌려 나온 차림인 것이다.

자기에 대해 수군대는 소리들은 듣고 있었지만, 그저 그러려니 했다. 하지만 길드의 얼간이들은 수군거림을 수군거림으로 그치지 않고, 실행에 옮겼다. 세상에, 쓰레기장에 내다 버릴 만큼 내가 걸리적거렸던 걸까. 성가셨던 걸까. 그냥, 넌 안 되겠으니 나가라고 한마디 하면 곱게 나가주었을 텐데.

이건 웃을 일이 아니야, 하고 그는 생각했다. 그 여자, 그 여자가 이 사정을 알까. 워낙 갈증이 심해, 여자의 이름도 잘 떠오르지 않았다. 뭐였지? 아, 메꽃. 꽃 이름을 가진 여자였지. 메꽃이란 그 이름엔 성적인 뉘앙스가 있어. 처음 만났을 때 그는 메꽃의 이름을 갖고 농담을 했었다. 여자는 쇼핑을 갔었다. 올드 마켓으로. 지금쯤 돌아왔을까. 애초에 그와 접촉하고, 섭외하고, 길드의 내부 객체로서 허가받도록 해준 것도 그녀였다. 그때 그녀는 말했었다.

"우리에겐 돈이 충분치 않아. 하지만 먹이고 재워줄 순 있지."

"그럼 당분간 같이 일하는 건가."

"그래, 당분간."

그리고 그녀는 확실하고 분명하게 이렇게 덧붙였었다.

"우린 좀 더 거친 육체가 필요해."

그도 길드가 마음에 들지 않았다. 주정뱅이, 중독자, 겁쟁이, 신경 결함이 있는 놈들이 에어 독에 가득했다. 세상 길드들의 낮은 질에 대해선 소문을 듣고 있었다. 그래도 그쪽 길드가 그나마 쓸 만하다는 정보가 있어서 내부 객체로 합류하기로 결정을 보았던 것이다. 그리고 그 판단은 곧, 틀렸다는 게 밝혀졌다. 그렇지 않다면 그가 왜 사막 한복판을 걷고 있겠는가. 하지만 그는 길드에, 대가를 치르게 하지는 않을 것이었다. 그럴 만한 가치라도 있는지 의문이 들어서였다.

얼마쯤 더 걸었을 때, 모비는 바람이 내는 허밍과는 약간 다른 소리를 얼핏 들었다. 그의 지쳐 무뎌진 신경이, 언제 그랬냐는 듯 곤두섰다. 허밍과는 약간 다른, 약간 더 크고 약간 더 명료하고 약간 더 날카로운. 박자와 음정, 게다가 희미하게 멜로디까지 갖춘. 약간 더 생명체의 울음소리에 가까운. 이를테면 진짜 허밍이었다.

그는 몸의 높이를 낮추곤 빠르게 주위를 돌아봤다. 가장 가까운 폴립 군체 덤불은 백오십 미터쯤 저쪽에 있었다. 그는 부러 백오십 미터 정도, 덤불을 피해 돌아 걷고 있었다. 뭘까. 그는 손목을 털어 밀스 개조 권총을 오른 손바닥 위로 미끄러져 내려오게 했다. 너클 단검을 쥔 왼 손목에서 힘을 뺐다. 덤불 쪽이었다. 거대 팬의 바람 소리와는 달리, 이번 것은 들려오는 방향을 대충이나마 알 수 있다. 그는 몇 발짝, 오른편으로 자리를 옮기며 자세를 잡았다. 저쪽이야. 그는 방아쇠에 손가락을 걸고 몸을 더 낮게 구부렸다.

폴립에 발성기관이 달렸다는 얘기는 들어본 적이 없었다. 혀와 입천장과 콧구멍이 달렸다는 얘기는 듣지 못했다. 허밍은 백오십 미터 앞 저쪽에서, 꾸준히 그를 향해 들려오고 있었다. 더 커지지도 않고 더 작아지지도 않았다. 그것은 왕왕거리는 소용돌이 바람처럼 그의 귓바퀴 가까이를 맴돌고 있었다. 허밍의 실제 데시벨은 겨우 요람 속에서 뒤척이는 갓난아기의 옹알이 수준이었지만 그의 귀는 한껏 예민해져 있었다. 그는 당황했다. 정체를 몰라서이기도 하지만, 그것이 꼭 자기를 향하고 있는 듯한 느낌이 들어서였다. 그에게 속삭이듯이, 들려주듯이, 무언가 할 말이 있다는 듯이. 그리고 어쩌면 그것이 자기를 불러세운 것일지도 모른다는 착각이 얼핏 머릿속 한편을 스치고 지나갔다.

뭘까. 덤불이 아닌 뭔가가 또 있다는 얘길까. 허밍이 들려오는 쪽에는 덤불과 뿌옇게 시야를 가리는 모래먼지 바람뿐이었다. 그 외 특별한 무엇도 눈에 띄지 않았다. 그는 가볍게 아랫입술을 깨물었다. 별일을 다 당하는군. 그는 그래도 덤불에서 눈을 떼지 않았다. 몇십 초인가 더 흘렀지만 상황에 변화는 없었다. 허밍은 여전했지만 아무것도 나타나지 않았다. 어쩌면 거대 팬의 바람이 폴립의 복잡한 관상 가지들 틈을 비집고 나오면서 기묘하게 변조된 소리인지도 몰랐다. 제대로 된 발성기관을 지닌 동물이 내는 소리처럼. 사람이나 바다 동물이 내는 소리처럼. 하긴 제대로 된 발성기관이 내는 소리 같지도 않았다. 그것엔 어딘가 찌그러진, 굴곡진, 기형적인 데가 있었다.

그는 경계 자세를 풀며 몇 발짝 뒤로 물러섰다. 권총은 그대로 든 채였다. 허밍이 들려오는 폴립 덤불이 완전히 그의 시야에서 사라지고 나서야, 이만하면 안전하지 않을까라는 확신이 들고서야 그는 권총에서 손을 뗄 것이었다. 그러면서 그는, 은퇴할 때가 그만 되지 않았나 하는 생각을 다시 했다. 그는 이제 스물아홉이었다. 얼마 전에 생일이 지났으니 만으론 스물여덟이었다. 스물여덟이면, 신경력도 체력도 재고해봐야 할 나이였다. 이 정도 사막은 아직 견딜 만하지만, 전투 같은 과격한 작업을 제대로 수행할 수 있을지는 의문이었다. 작업하며 숨차 벌겋게 체온이 오르고 헐떡이는 소리를 내게 된다면 그건 이만저만한 실수가 아니다. 신경력도 문제였다. 허밍과 마주 서 있을 때, 그는 당황하고 있었다. 어찌할 줄 몰라 하고 있었다. 몇 년 전만

하더라도 그는 그러지 않았을 것이다. 단순히 경계 자세만을 취하고 있지도 않았을 것이다.

신경력이나 체력이나 그의 하이라이트는 몇 년 전이었다. 약화, 약체, 은퇴한 퇴물, 중독자. 그런 단어들이 허밍으로부터 뒷걸음질 치는 그의 머릿속에 떠올랐다.

그래도 능력자로서의 그의 육체는, 여전히 거칠고 강했다. 에어 독의 얼간이들이 내다 버릴 음모를 다 꾸밀 만치 충분히. 은퇴를 고려하든 말든 그건 나중 일이고, 그에게는 지금 당장 할 일이 있었다. 우선은 사막을 건너야 하고, 다음은 거대 팬을 치는 것.

*

메꽃은 스크린의 점을 쫓고 있었다. 초음파 추적기에 감지되는 운동체는 그뿐이었다. 폴립에 다리가 달렸다는 얘기는 못 들었으니까. 기계실에서 장난을 친 게 아니라면, 그녀의 호버 탱크는 마흔 시간 오십일 분 전에 모비를 이동시킨 바로 그 좌표에 내린 것이어야 한다. 마흔 시간 오십일 분이면, 능력자의 걸음으로 얼마나 갔을까. 스크린 상의 계산으론 모비는 얼마 못 갔다. 빠르게 쫓으면 두어 시간이면 따라잡을 거리였다. 그녀는 한숨을 쉬었다. 움직이는 걸 보니 아직 죽지는 않은 모양이야. 그녀는 부상(浮上) 엔진의 액셀을 팔십 퍼센트까지 올렸다. 점이 모비가 아닐지도 모르니 빠르게 움직여야 했다. 모래바람이 뿌옇게 십 미터쯤 그녀 머리 위로 치솟았다.

"그 통뼈가 벌써 죽었을 리 없지."

에어 독에서 여기 샘 샌드 듄으로 넘어오면서, 그녀는 일이 초 정도 의식을 잃었었다. 그리고 깨어보니 사위가, 흰 하늘과 시야를 어지럽히는 모래바람뿐이었다. 발아랜 회색 모래사막뿐이고. 호버 탱크는 부드럽게 공중에서 흔들렸다. 엔진을 켜둔 덕에 의식을 잃어도 호버 탱크는 바닥에서 일이 미터쯤 떠 있을 수 있었다. 엔진을 켜놓길 잘했어. 재수가 없어 폴립 군체 덤불에 내려질 수도 있는 일이니까. 최악의 경우엔 모비의 머리 위나.

점을 향해 날면서 그녀는 현기증을 느꼈다. 이런 식의 차원 이동을 할 때면 늘 따라오는 현기증이다. 가벼운 것이긴 하지만 결코 금세 떨어버릴 수 있는 느낌은 아니다. 뼛줄기 속 골수를 빨아내고, 뽑아내고 그 자리에 바람을 채운 듯한 그 서늘한 기분은 호흡을 몇 번이나 가다듬어도 쉽게 가셔지지 않았다. 그녀의 육체가 그저 평범한 계급의 그것이었다면 진통제라도 맞았어야 했을 것이다. 차원 기술이 아직 덜 개량된 탓에, 이런저런 위험을 감수해야 한다.

싯누런빛의 폴립 덤불이 몇 개나 호버 탱크 아래를 지나쳤다. 개중 어떤 것은 모서리가 지평선에까지 닿아 있을 만치 커다랬다. 모비가 저것을 잘 피해 갔을까. 약간만 조심하면 덤불에 빠지는 일은 겪지 않을 것이다.

사막을 찾은 건 이번이 두 번째였다. 첫 번째는 두 해 반 전의 일로, 그저 견학의 의미였다. '샘 샌드 듄'이라 불리는 가상 차원 사막에서 현재 무슨 일이 벌어지고 있나'를 보고 확인하기 위해서였다. 메꽃은 지금의 에어 독에 갓 가입한 신입 러셔였고, 사막 견학은 신입 러셔 훈련의 한 과정이었다. 무슨 굉장한 일이라도 벌어지고 있다는 얘길까. 그녀는 설레기까지 했다. 사막은 곧 아무것도 없는 곳, 이라는 등식이 그녀를 매료시키던 때였다.

높이 솟아오른 것 하나 없는, 그저 수평으로 쭉쭉 뻗은 곳. 마천루들 사이에서 태어나 마천루들 사이에서 자란 그녀였다. 스물한 살이 되도록 그녀는, 시야가 탁 트이는 시원스러운 순간을 한 번도 경험해보지 못했다. 바다도 그랬다. 거기도 그녀가 태어난 도심 한가운데나 다를 바 없었다. 선박과 수상 가옥들, 수중 시가지들, 해상 쓰레기장들, 가는 데마다 발목을 묶는 독과 포트들. 만약 시야가 탁 트인 곳에서 살고 싶다면, 물론 방법은 있었다. 쓸어버리는 것이다. 싹 쓸어버려, 수평의 세상으로 만드는 것이다.

풋내 나는 신참답게 설레긴 했지만, 그렇다고 샘 샌드 듄이 그런 만족을 제공해줄 수 있다고 그녀가 진짜로 믿은 것은 아니었다. 그녀는 돌아가는 형편을 이해하고 있었다. 거대 팬, 호흡 구체, 환경 물질, 가상 차원에서 전해지는 어떤 위기의 목소리들을 듣고 있었다. 지금 그녀의 호버 탱크 아래를 지나가는 싯누런빛의 폴립 덤불이 바로 그런 목소리들 중 하나였다. 폴립 군체의 존재가 알려진 지는 십 년도 더 되었지만, 그 정체에 대해선 충분히 밝혀진 게 없었다. 생태학 관련 조사가 끝이 났는지, 보고서가 쓰였는지, 그런 것도 거의 알려지지 않았다. 위험한지, 위험하다면 얼마나 어떻게 위험한지, 그런 것도 없었다. 위험도도 설정되지 않았다.

그래서 소문에 의지하게 되는 것이다. 그럼에도 폴립이라 이름 붙여진 것은, 자연에서 폴립을 이뤄 생활하는 강장동물의 군체와 생김이 유사하다는 이유에서였다. 바다가 아닌 사막에서이고 그것도 자연이 아닌 가상 차원에서이지만, 그건 정말 군집을 이룬 바닷속 산호처럼 생겼다. 하지만 실체까지 강장동물에 속할까. 그것은 영양분을 섭취하며 생식과 증식을 반복하고 있었다. 이것만은 확실한 사실이다. 나날이 자라나고 있고, 때론 죽기도 한다. 작은 것은 겨우 손바닥만 하지만 어떤 것은 수 제곱킬로미터에 이른다. 규모에는 한계가 없다.

그것은 엄연히 존재하며, 또 지금 번식하고 있는 가상 차원의 실재였다. 폴립 군체 덤불은 스스로가 스스로를 탄생시킨 생명체라고 할 수 있었다. 스스로가 스스로에게 생명을 부여한 사막의 환경 생명체라고 할 수 있었다. 그렇다면 그건 위험일까. 실재 차원을 넘보는 어떤 위험일까. 그런 수수께끼의 생명체들이 또 얼마나 있을지 알 수 없었다.

사람들은 그저 약간의 호기심만 보일 뿐이었다. 그것이 가상 차원의 일이기 때문이다. 그들은 그저 이렇게들 생각한다, 환경 생명체건 뭐건 샘 샌드 듄에서 문제가 생겼다면 해결은 너무 쉽지 않은가. 차원 생성기를 꺼버리면 되지 않은가. 오프 스위치에 손가락 끝을 올려놓고 지그시 누르면 되지 않은가. 그녀도 몇 년 전에는 그런 태도였다. 원한다면 얼마든지 제거 박멸 멸종시킬 수 있었다. 아예 차원을 지워버리면 되잖아. 그것이 존재하는 차원 자체를 삭제해버리면 되잖아. 그럼 죄다 사라질 것 아냐. 비용은 사실 만만찮지만 기술상으론, 얼마든지 삭제했다간 다시 깨끗한 새것을 설치할 수 있다.

이렇듯, 해결책이 너무 뻔하고 간단해 신경을, 관심을 두지 않는 것이다.

"그래, 싹 지워버리면 되는 거지."

"그게 우리 할 일이고."

호버 탱크는 이제 점의 코앞까지 다가서 있었다. 스크린의 점이 모비가 맞다면, 벌써 메꽃의 호버 탱크를 알아보고 행동을 취했을 것이었다. 길드의 '롤리 팝 보이스' 그라피티 태그를 알아봤을 것이었다. 모래에 구멍을 파고 숨어버렸을 수도 있었다. 아니면 그녀의 생명과 탱크를 빼앗을 기회를 노리고 있거나. 그녀는 권총을 꺼내 대시보드 위에 올려놓았다. 최악의 경우라면 그녀나 모비, 둘 중 하나는 크게 다칠 것이었다. 지난해

시에서, 타인에 의해 육체적 손괴를 입을 확률은 천 명당 예순 둘 정도였다. 상승 곡선은 끝이 날 줄 모른다. 약물에 의한 손괴도 상당해져서, 전체 시 인구의 이십오 분의 일에 이른다. 신경 결함이 있는 사람들이 그만큼 많아졌다는 얘기다. 신경의 결함은 수정되고 틈이 메꿔지는 속도보다, 틀어지고 틈이 벌어지는 속도가 더 빠르다. 모비도 예외는 아닐 것이다. 그녀도 물론 예외가 아니고.

점은 스크린에서 사라졌다. 메꽃은 이리저리 고개를 돌려 주변을 살폈다. 모래바람에 시야가 시원치 않았다. 초음파 추적기의 점이 사라졌다는 것은, 그것이 호버 탱크 아주 가까이 있다는 얘기였다. 풀쩍 뛰어오른다면 호버 탱크의 밑바닥에 칼날을 박아 넣을 수 있을 만치. 그녀는 만일을 위해 해치를 열지도, 호버 탱크를 착륙시키지도 않았다.

"나와봐요."

그녀는 스피커에 대고 소리쳤다.

"나, 메꽃이에요. 미안하게 됐어. 같이 돌아가자."

그녀는 점을 가운데 두고 커다란 원을 그리며 다시 날았다. 먼지바람이 시야를 가리기는 했지만, 별다르게 눈에 띄는 것

은 없었다. 모래를 파고 숨어들었나. 모비가 아니었나. 몇 차례
나 선회해보았지만 움직이는 것은 없었다. 먼지바람, 그리고 얕
고 흐릿한 그림자뿐이었다. 점은 멈춰 선 채 그대로였다. 크기
는 웅크린 성인 남성의 크기 정도였다. 그러고 보니, 이상했다.
그녀가 추적하는 동안 스크린의 점도 시간당 이 점 이 킬로미터
씩 움직이고 있었다. 그건 능력자의 걷는 속도치곤 어색한 것이
었다. 아무리 모래 위에서라지만, 어색하리만치 느린 것이었다.
그녀보다도 느린 것이었다.

그녀는 액셀을 밟았다. 호버 탱크는 몇 미터쯤 치솟아 오르
며 먼지바람을 뿌렸다. 그러곤 이십 미터쯤 빠르게 뒤로 물러났
다. 뭘까. 뭐가 저기 있는 걸까. 그녀는 호버 탱크의 개틀링 자
동 건을 켰다. 상황을 봐서 양자포도 풀어놓을 것이었다. 모비
가 아냐. 그녀는 자동 건의 레버에 손가락을 올렸다. 폴립 군체
말고 또 뭐가 있는 걸까. 덤불은 없었다. 덤불이 가까이 있었다
면 그녀가 모를 리 없었다. 거기엔 반짝이는 회색의 모래뿐이었
다. 모비도 아니고 폴립도 아니라면 또 뭘까. 그녀는 스피커에
입술을 바싹 갖다 댔다.

"모비!"

그녀는 목청을 키워가며 모비를 불렀다. 응답은 없었다. 그녀는 잠시 망설이다가, 자동 건 레버에서 손을 뗐다. 괜히 건드릴 필요는 없지. 전투 교본엔 이런 상황에 대해선 나와 있지 않다. 그녀는 당황했다. 거기에 있는 것이 무엇인지 알아내려면, 탱크에서 내려 그곳의 모래를 들쑤셔봐야 한다. 모래를 파봐야 한다. 그러한 위험을 감수할 만한 가치가 있을까. 지금이 그럴 만한 상황일까. 그리고 어쩌면, 모래 속에 있는 것이 아닐 수도 있었다. 모래 속이 아니라면 어디에 있다는 걸까. 그냥 공기중에? 공기의 입자들과 함께, 입자들처럼? 호버 탱크의 눈은 믿을 만한 것일까. 그녀는 다시 몇십 미터 뒤로 물러섰다.

경험 많은 누군가와 같이 왔어야 했다. 그녀는 혼자 온 것을 후회했다. 이런 일을 하기엔 그녀의 경험은 아직 넓지도 깊지도 않았다. 모비라면 어떻게 했을까. 그 겁 없는 능력자라면 어찌했을까. 그녀는 결국 호버 탱크를 돌리기로 했다. 출발 장소로 거꾸로 되짚어가며 찬찬히 다시 찾아보기로 했다. 그녀는 저점, 보이지 않는 운동체가 모비일 가능성은 잊어버리기로 했다. 저 점이 설사 모비일지라도 그건 그녀의 운이 나쁜 게 아니라, 모비의 운이 나쁜 것이다.

신참 시절, 처음 이 사막을 찾았을 때가 떠올랐다. 인솔자 하사는, 폴립 군체 덤불에 수송선을 바짝 갖다 붙였었다. 트랩을 열고 뛰어내리면 바로 덤불의 아가리일 만치 가까이였다. 하사는 메꽃과 신참자들 앞에서 고래고래 소리를 질렀다. 아름답지? 정말 아름다워! 참 아름답다! 난 저걸 보면 그만 뛰어들고 싶어져! 내가 도시 대표 다이버였다는 걸 아나? 그러고는 신참자 하나하나의 목덜미를 거머쥐곤 활짝 열린 해치 밖으로 내몰았다. 두 발끝만 걸친 아슬아슬한 자세로 고개와 상체를, 폴립 덤불을 향해 구부리게 했다. 탄식 아니면 탄성, 그 비슷한 소리들이 줄 앞쪽에서 차례로 터져 나왔다. 뭘까, 저게 뭘까.

그리고 그녀 차례가 되었을 때, 그녀 입에서도 똑같은 탄식 아니면 탄성이 새 나왔다. 잘 봐, 죽이지? 하사의 입에서는 갓 썩기 시작한 동물 사체 냄새가 났다. 하사는 약에 취해 그만 정신이 나가 있었다. 그녀는 하사의 손끝에 대롱대롱 매달린 꼴로 덤불을 향해 상체를 숙였다. 그녀 키의 네 배밖엔 되지 않는 높이였다. 그녀는 구역질하고픈 기분이 되었다. 사람 손가락 굵기 정도의 짧은 관(管)들이 어지럽게 얽히고설킨 어떤 덩어리가 거대하게 그녀 턱 아래 펼쳐져 있었다. 거의 대형 크리켓 경기장만 한 넓이였다. 눈이 아릴 만치, 현기증이 느껴질 만치 싯누런빛이었다. 아름답지도 추하지도 않았다. 그녀가 보기에 그것은 미지의 것이었고, 딱히 뭐라 부를 수 없는 것이었고, 끔찍하게 낯이 설어 그만 토하고 싶어지게 하는 것이었다. 그녀의 길쭉하게 벌어진 입에서 실제로 헛구역질이 나왔다. 동료들은 그랬다. 아마도 산호처럼 생기지 않았느냐고. 싯누런빛의, 사막 산호.

하사는 수송선을 오십 미터 상공으로 띄웠다. 그러곤 반복해서 서너 번 덤불 상공을 선회했다. 뛰어내려봐. 뛰어봐! 하사는 약물 쇼크로 까무러지기 직전까지 소리를 질러댔다. 토하고 싶지? 토하고 싶게 아름답지? 저거 금기야. 저거 금기라고. 봐서도, 믿어서도, 떠벌려서도 안 되는 거야! 그때 그녀는 산호가 아니라, 다른 것을 떠올리고 있었다. 하얗게 썩어가는 살갗의 상처를 떠올렸다. 사람 살갗이 파 먹혀 섬유질만 그물처럼 하얗게 들뜬 크나큰 상처를 떠올렸다. 회갈색으로 말라가는 터럭과, 세균에 파 먹힌 살갗 아래 붉게 드러난 살덩이. 촉촉이 젖은, 악취 나는 썩은 살. 그녀는 붕대를 풀며 자랑스레 자해 상처를 내보이곤 하던 중독자들을 떠올렸다. 산 채로 된죽처럼 붕괴되어가던 중독자들을 떠올렸다. 직경 오백 제곱미터쯤 되는 거대한, 사람의 썩어가는 생살을 떠올렸다.

메꽃은 처음과 똑같은 헛짓을 서너 번이나 반복했다. 점은 여러 개였고, 따라 쫓아가보면 보이는 것 없이 처음과 똑같이 회색의 모래뿐이었다. 호버 탱크의 부상 엔진이 일으킨 먼지바람, 둔덕, 그리고 폴립 군체 덤불뿐이었다. 에어 독으로 돌아가보면 답을 얻게 될지도 몰랐다. 스크린에 나타나던 그 운동체들의 실체에 대해. 시간이 너무 지나버렸다. 모비 몫으로 준비했던 음료도 처음의 반만 남아 있었다. 당혹감은 커져갔다. 운동체의 일도 그렇고 모비의 일도 그렇고. 지금쯤 모비는 하얗게 모래를 뒤집어쓰고 처박혀 있을지도 몰랐다. 사체를 찾는 건 아무 의미도 없었다. 결국 찾은 게 사체라면 그녀는 그대로 버리고 돌아갈 것이었다. 추적기가 오류를 일으킨 것인지도 모른다. 어쩌면 대장이 자길 속인 것일지도 모른다는 생각까지 들었다.

그녀는 다섯 번째 운동체를 쫓고 있었다. 이제 곧 시야에 들어올 것이었다. 이제 모비가 샘 샌드 듄에 떨어진 지 마흔다섯 시간 이십구 분이 지났다.

"난 확실히 착해."

그녀는 가늘게 한숨을 뱉었다.

"모비, 넌 행운아야."

잠깐 정신을 놓은 사이 점은 이백 미터 앞으로 다가와 있었다. 그녀는 상체를 세우고 목을 뺐다. 환호라도 지르고 싶어졌다. 흐릿하게, 사람의 형체가 보였다. 연한 파랑의 상·하의 차림이었다. 에어 독의 유니폼이었다. 저쪽이 이쪽을 발견한 지는 꽤 됐는지, 멈춰선 채 이쪽을 향하고 있었다. 그녀는 보이든 말든 두 팔을 치켜들곤 힘껏 흔들었다. 저쪽이 모비라면, 죽이기 위해 쫓아온 것이 아니라는 것을 알릴 필요가 있었다. 그녀는 라이트를 켜곤 속도를 줄이다가, 저쪽의 오십 미터 앞에서 호버 탱크를 착륙시켰다.

모비도 탱크 십 미터 앞에서 걸음을 멈췄다. 하얗게 모래를 뒤집어쓴 몰골이지만 그래도 처박혀 있거나 하지는 않았다. 아직 누군가를 경계하고 있을 힘 정도는 남아 있는 모양이었다. 그녀는 환히 웃으며, 살그머니 권총을 내려 손에 쥐었다. 개틀링 기관총은 자동 조준 방식이어서, 이미 모비를 겨누고 있었다.

"음악 좋아해요?"

그녀는 그렇게 소리치며 'G. 레온하르트'의 파일을 열었다. 바흐의 〈빨리빨리 회오리바람이여〉였다. 그녀는 재생속도를 이십오 퍼센트까지 올리고, 볼륨을 사 단까지 키웠다. 화려하고 경쾌한 금속성의 비트가 탱크 내부를 가득 채웠다. 회색 사막에 총천연색 댄스 플로어를! 하지만 모비는 꼼짝도 하지 않았고, 표정에도 변화가 없었다. 에어 독이었다면 귀 따갑다고 벌써 통조림 따위가 날아왔을 것이다. 벌써 여섯 시간째 모비를 찾아 헤맸어요! 그녀는 경계를 풀라고 했다. 다른 뜻이 있는 게 아니라 모비가 빌어먹을 사막에서 목말라할까 봐 온 것이라고 했다. 여기 물이 있다고 했다.

그래도 모비는 움직이지 않았다. 왼손을 틀어 엉덩이 뒤쪽으로 교묘히 감추고 있었다. 무엇이 들려 있을지 뻔히 알 수 있는 일이었다. 사실 그녀도 아직까지 해치를 열지 않고 있었다. 그녀도 상대를 경계하고 있었다. 겁내고 있었다. 십 미터의 거리면, 모비 정도의 능력자라면 한걸음에 쫓아올 짧고 위험한 거리였다. 해치를 도로 닫을 틈도 없이, 쫓아와 팔을 밀어 넣을 수 있는 거리였다. 너무 일찍 착륙시켰다는 후회가 들었다. 모비가 호버 탱크를 빼앗으려 들지 않을 거라고 어떻게 안심할 수 있을까.

모비가 한 팔을 높이 들더니 해치를 열라는 시늉을 해 보였다. 왼손은 여전히 엉덩이 뒤로 감춘 채였다. 오른손에도 뭔가 감추고 있을 것이었다. 그녀는 오줌을 지릴 만치 겁이 났다. 모비를 만나면 해치를 열 것인지 말 것인지, 연다면 어떻게 언제쯤이 좋을지까지는 미처 생각해보지 못했다. 그녀는 아직 상황 대처에 서툴렀다. 하지만 해치를 열지 않으면 아무런 통신 장비도 없는 모비와는 간단한 대화조차 나눌 수 없다.

"이봐요. 아저씨."

그녀는 미소를 거뒀다. 권총을 들어 보였다.

"나도 능력자야. 다칠 일은 하지 말자. 해독제도 맞아야 하잖아."

그녀는 해치를 올렸다. 올리면서 그녀는, 모비가 이쪽을 향해 달음박질쳐 오는 것을 보았다. 먼지바람이 뿌옇게, 모비의 배경을 삼키고 있었다. 예상했음에도 불구하고 그녀는 당황했다. 그녀는 반사적으로 상체를 뒤로 젖히며 권총을 뺐었다. 그래서 늦었다. 상체를 젖히지 말았어야 했다. 그녀의 목에 차가운 것이 와 닿았다. 모비의 모래 범벅된 무릎이 그녀의 오른손을 짓이길 듯 내리누르고 있었다.

"능력자라고?"

모비는 웃기지도 않는다는 투로 소곤거렸다.

"널 강간할 수도 있어."

모비는 정색하고 말했다. 곧이어 왼쪽 관자놀이에 총구가 와 닿았다. 하지만, 정말 강간하려 할지는 몰라도, 자기를 죽이려 들지는 않을 것이었다. 지금 당장 자기가 죽일 사람한테 말을 거는 멍청이라면 애당초 그녀가 찾지도 않았을 테니까. 그녀는 총을 놓고 두 손을 얌전히 가슴에 올렸다.

*

'이 여자는 바보가 아닐까.'

유독가스 해독제를 팔뚝에 두 차례 꽂아 넣으며 모비는 생각했다. 은퇴할 때가 된 퇴물 직전의 능력자를 찾아 예까지 들어오다니. 다른 꿍꿍이가 있는 건 아닐까. 눈치를 살펴보았지만 지금 메꽃을 사로잡고 있는 건 자기가 아닌 다른 무엇인 것 같왔다. 눈썹 위로 가늘게, 근심의 그림자가 늘어져 있다. 무언가 메꽃의 정신을 어지럽히고 있는 것 같았다. 그는, 그게 에어 독 건이라면 거절할 생각이었다. 에어 독으론 돌아가고 싶지 않다.

"용케 백 년 전 파일을 구했네."

볼륨은 낮췄지만 호버 탱크 내부엔 아직 강한 금속성 비트의 '바흐'가 꽝꽝거리고 있었다. 메꽃은 그 파일이 후커스 랜드 스튜디오 작품이라고 했다. 상당한 음악광이 아니면 파일을 찾아 그만큼의 세월을 거슬러 올라갈 만치 부지런을 떨지 못한다.

"타르마 요크의 음악은 들어봤어?"

그가 물었다. 메꽃은 아니, 라고 했다.

"정말 시끄러운 심벌즈 연주자야. 마흔둘 된 할아버지지."

그는 음료수병을 깨끗하게 비웠다. 이제 사십 분쯤만 더 가면 시 외곽의 NW05 호흡 구체의 거대 팬에 가 닿게 된다. 그와 메꽃은 거기서 그것을 뚫고, 시를 가로지르는 탈주선을 타게 될 것이었다. 경비 초소가 있겠지만 무인 초소이기 십상일 테고, 사막으로부터의 기습이란 것에 그다지 비중을 두고 있지도 않을 것이었다. 초소의 화력은 어떨지 모르겠지만 그 화력이 다 가동되기 전에 그들의 호버 탱크는 이미 경비 시스템의 한가운데를 뚫고 있을 것이었다. 어쩔 수 없이 명확하고 빠를 것이었다. 명확하고 빠르지 않는다면, 죽은 목숨일 테니.

그와 메꽃은 거래를 했다. 메꽃을 죽이지 않고, 에어 독으로도 돌아가지 않기로. 차원 회복기를 사용한다면 아주 간단하게 그들은 떠나왔던 곳, 에어 독의 활주대로 돌아갈 수 있을 것이었다. 그는 메꽃의 목에서 너클 나이프의 날을 비껴 치우며 잘라 말했다, 니들하곤 끝났어. 차원 회복기를 사용하지 않는다면 그들이 실재 차원으로 돌아갈 길은 하나였다. 사막을 가로질러 호흡 구체의 거대 팬을 뚫고 나가는 길. 그는 또 말했다, 진짜한테 배워. 그가 거대 팬을 뚫자고 우긴 데에는 에어 독에 또 발을 들여놓기가 싫은 이유도 있지만, 호흡 구체의 경비 수준을 한번 가늠해보고 싶어서였다. 지치고 피곤했지만 지금과 같은 기회도 많지 않았다. 사막 쪽에서 침투한다면 그리 큰 힘을 들이지 않고도, 알아낼 수 있는 게 많을 것이다.

메꽃이 끌고 온 호버 탱크는 전투용이 아니어서 간단한 무기밖엔 장착돼 있지 않았다. 십 밀리 개틀링 자동 건 두 정과 이 밀리 가속입자탄을 쓰는 양자포가 있었다. 탱크에 실린 탄약량은 자동 건이 연속 사 점 오 분 분량, 양자포가 연속 이 점 일

분 분량. 이렇게나 많이 싣고도 추락하지 않고 견디고 있다니 엔진의 질이 꽤 괜찮은 모양이다. 메꽃의 가슴에는 광학 플라스마 투척탄도 몇 개 달려 있었다. 때에 따라 요긴하게 쓰일 것이었다. 물론 가장 성능 좋은 무기는 메꽃과 그였다. 탱크 밖으로 뛰어내려야 할 상황이 닥친다면, 그런 일은 일어나지 말아야 하겠지만, 메꽃과 그의 육체가 어떤 무기보다 더 위력을 발휘하게 될 것이었다.

메꽃은 그에게, 그를 찾느라 사막에 와서 무슨 일들을 겪었는지 설명했다. 추적기 스크린에 잡힌 운동체와, 운동체를 따라 잡았을 때 거기서 아무것도 볼 수 없었던 일, 몇 시간 동안 그런 것이 몇 개나 발견되었다고. 그는 메꽃이 이야기를 꺼내는 그 첫 순간, 그가 근접했던 것에 메꽃도 근접했었구나 하는 생각을 했다. 허밍을 내던 그것 말이다. 메꽃이 근접했던 것과 그가 근접했던 것은 같은 것이었을까. 그저 근접했던 것뿐이니 아무것도 장담할 순 없지만, 아마도 그럴 것이란 느낌이 들었다.

"거기서 무슨 소리가 나든?"

"소리?"

메꽃은 아무 소리도 듣지 못했다고 했다. 호버 탱크에서 내려보지 않아 소리는 들을 수 없었다고 했다. 무슨 소리가 났어? 메꽃이 되물었다. 그는 그랬던 것 같아, 하고 말끝을 흐렸다. 더 자세히 설명하다간 메꽃에게 바보 소리를 들을 것 같았다. 기회가 된다면, 되지 않아도 상관없지만, 다시 한 번 그것에 근접해보는 것도 괜찮을 것 같았다. 그때는 근접으로 그칠 게 아니라, 맞닥뜨려볼 것이다. 그리고 물론, 오늘처럼 알몸이나 다름없는 상태는 아닐 것이다. 허밍을 내는 존재…… 그는 입속으로 중얼거려보았다.

메꽃도 그와 비슷한 생각을 하고 있었다. 지평선 저쪽에 가물가물 NW05 호흡 구체 거대 팬의 윤곽이 보이기 시작했을 때, 메꽃이 그를 돌아보며 참 이상한 일도 다 있지? 하고 스쳐 지나가는 투로 이야기했다.

"가상 차원 사막에 실재의 모비와 내가 들어와 있다니 말이야."

"그래?"

"기이하지 않아? 어쨌거나 이게 비현실은 아니잖아. 폴립도 그렇고."

그는 메꽃의 얘기를 얼른 접수하지 못했다. 평소에 전혀 해보지 않은 질문이라 그랬다. 메꽃은 이제는 너무나 일상적이라 아무도 의문을 갖지 않는, 당연한 일에 대해 묻고 있었다.

"그런 얘기, 참 오랜만에 들어."

삼십 년 전쯤의 일이었다. 처음 가상 차원의 사막이 설치되기 시작했을 땐, 모두가 그런 질문을 했다. 어떻게 가상 차원에 실재가 들어갈 수 있을까 하는. 질량도 부피도 갖지 않는 사실상 없는 공간에, 어떻게 질량과 부피를 지닌 호버 탱크 같은 것이 들어갈 수 있을까 하는. 가상 차원 사막의 초기 시절에는 그랬다. 차원 생성기와 차원 회복기의 존재에 의문을 갖는 사람까지 있었다. 그도 그랬다. 어떻게? 하지만 이젠 그런 것의 근원적인 물리 관계에 흥미를 보이는 사람은 흔치 않아졌다. '어떻게'라는 질문 이전에 이미 모든 게 실재하고 있었으니까. 가상 차원 사막도, 샘 샌드 듄이라는 이름도, 차원을 설치했다 삭제하는 여러 기계장치들도, 그리고 그것을 조작하는 기술자들도, 모든 것이.

그리고 날이 갈수록 그것들은 차츰 일상화되어서, 일상에 스며들어서, 생활의 한 차원이 되었다. 다들 잊고 지내는 것이 되었다. 폴립이나 몇 시간 전에 그와 메꽃이 근접했던 알지 못할 환경 생명체들이 거기서 발생하고 있을 만큼, 그 모든 것들은 실재의 것이 되었고 부인할 수 없는 것이 되었다. 그것은 그것만의 역사를 지니게끔 되었다.

그리고 현재는 모두가, 예외 없이 그 가상 차원의 덕을 보고 있는 것이다.

"질문이 틀렸지 않아?"

그가 말했다.

"어떻게 이것이 존재할 수 있을까가 아니라, 이젠 어떻게 이것을 없앨까 하고 물어야지."

메꽃의 눈썹 위에 드리워진 옅은 그늘은 아직 가시지 않았다. 그를 찾다 맞닥뜨렸다던 알 수 없는 운동체가 마음에 계속 걸리는 모양이었다. 꺼림칙하기는 그도 마찬가지였다. 뭘까. 허밍이 다시 떠올랐다. 메꽃이 덧붙였다.

"어째서 가상 차원도 위험할 수 있다는 생각은 하지 않는 걸까."

거대 팬이 코앞에 다가와 있었다. 쉬울까. 그는 소리 나게 입술을 빨았다.

거대 팬은 지금 모비와 메꽃이 있는 이곳이 가상 차원이란 사실을 여실히 드러내주는 외관을 하고 있었다. 백색의 하늘에 여섯 개의 날개가 달린 거대한 환기팬이, 지표에서 삼 미터 높이의 공중에 떠 있었다. 태양이나 달이 있어야 할 자리에 직경 칠십오 미터짜리 강철 팬이 날개를 돌리고 있었다. 거대 팬의 사막 쪽 외관을 직접 보긴 그로선 처음이었다. 메꽃의 호버 탱크를 만난 게 다행이었다는 생각이 들었다. 겨우 삼 미터라지만 바닥이 모래고, 차원이 휘어진 그곳에서 맨몸으로 점프해 팬을 뚫기란 어려웠을 것이다. 팬이 낮게 설치된 건 아마도, 환경 물질을 모래와 먼지에 섞어 날려 보내기 위해서일 것이다. 저것을 열고 들어가면…… 사막 디자인의 지겨운 가상 차원이 아닌, 그들의 도시라는 실재의 차원이 펼쳐지는 것이다.

호버 탱크가 바람에 쓸리며 나지막이 요동쳤다. 거대 팬이 사막을 향해 내뿜는 바람이었다. 모래와 먼지와 환경 물질이 뒤섞인 거대한 바람이었다. 호흡 구체가 내뿜는 독성 강한 숨결이었다.

"저걸 뚫고 가자고?"

메꽃은 걱정을 감추지 못했다. 메꽃도 거대 팬을 직접 보긴 이번이 처음이라고 했다. 메꽃은 그 크기에 놀라고 있었다. 어느 만큼 접근해서 파괴해야 폭발에 휩쓸려 들어가지 않을지 영 가늠하기 어려웠다. 모래를 날리는 힘을 보면, 저 정도 팬 회전 속도면, 부서진 날개 한쪽이 족히 이삼 킬로미터는 튀어 날아갈 것 같았다. 거기에 호버 탱크가 맞으면, 그와 메꽃을 태운 채로 두 쪽이 날 것이었다. 거대 팬이 만들어진 재질을 모르니 얼마큼의 화력을 퍼부어야 할지도 알 수 없었다. 잘못하다가는 시간만 질질 끌어 탈주선 탈 시간까지 허비하게 될 것이었다. 가능한 한 짧고 강하게 타격해야 한다.

"지금이라도 늦지 않았어."

메꽃이 한심하다는 표정으로 그를 쳐다보며 말했다. 아직 늦지 않았으니 차원 회복기를 사용해서 에어 독으로 돌아가자고 했다. 어차피 NW05 호흡 구체는 그의 목표도 에어 독의 목표도 아니지 않느냐고 했다. 우리 목표는 저게 아니잖아? 그녀는 빠르게 지껄이곤 차원 회복기에 파워를 넣었다.

"거래했잖아."

그는 딱딱하게 표정을 굳히며 메꽃을 돌아봤다. 파워를 꺼. 메꽃과 나는 저걸 뚫는다. 그는 차원 회복기 대신 양자포를 열어놓았다. 오 초씩, 될 때까지 쏘는 거야. 탈주선은? 일단 가보면 알게 되겠지. 탈주선이 없으면 뚫어봤자 소용없어. 감옥에 보내진다면 차라리 다행이지. 우린 그냥 공중분해될 거라고. 그는 못 들은 척하고 양자포를 당겼다.

"이런 씨발! 정말 능력자로군."

메꽃이 소리 질렀다.

모비는 이가 덜덜 떨렸다. 짧게 짧게 끊어지는 반동이, 그의 이와 턱과 허리와 호버 탱크를 뒤흔들었다. 겨우 오 초뿐이라지만, 양자포의 발사 속도가 분당 이천 발이니 어림잡아 백육십 발 정도가 발사된 셈이었다. 확실히 개량된 화력이다. 동체에 안티 쇼크 장치가 돼 있지 않았더라면 그와 메꽃은 벌써 탱크 밖으로 튕겨나갔을 것이다. 혀가 잘리고 턱이 빠졌을 것이다. 굉음에 귀도 먹먹해졌다. 결과는? 오렌지빛 화염이 아직 회전하고 있는 팬에 휘감기며 멋진 소용돌이를 그리고 있었다. 오 초는 역시 부족했을까? 화염이 흩어지는 틈으로 보니, 팬의 회전 속도가 눈에 띄게 떨어져 있었다. 팬의 날개 여섯 개는 죄다 찢겨 여기저기 날아가 꽂히고 있었다. 그가 소리쳤다.

"메꽃, 러시!"

메꽃은 액셀을 밟곤, 팬을 향해 호버 탱크를 몰아붙였다.

*

메꽃은 혀를 내둘렀다. 소문은 들었지만 모비의 능력이 이 정도일 줄은 몰랐다. 팬에 접근해 팬을 막 통과하는 순간에, 그녀는 다시 의식을 잃었었다. 차원 생성기를 통과할 때만큼 끔찍스러운 건 아니더라도 의식을 잃는 건 당연하고 자연스러운 일이었다. 그녀가 일 초쯤 의식을 잃었다가 깨어나 허겁지겁 눈을 떴을 때, 호버 탱크의 핸들은 모비의 손에 쥐어 있었다. 그리고 모비의 다른 한 손은, 십 밀리 개틀링 자동 건을 쏴대고 있었다. 모비도 팬을 통과하는 순간, 실재 차원으로 넘어오는 순간, 의식을 잃었음엔 틀림없었다. 그렇다면 도대체 얼마나 빨리 의식을 수습했던 걸까. 신경 적응 속도가 대체 얼마나 되는 걸까. 일초 전만 해도 모비의 팔뚝에서 반짝이던 가상 차원의 모래알들이 대체 언제 그랬냐는 듯, 말끔히 사라져 있었다.

"잘 잤어, 아가씨? 드디어 진짜 차원이야."

그녀는 주위를 둘러봤다. 호버 탱크는 금속성으로 음산하게 번쩍거리는 크나큰 공동 속에 들어와 있었다. 화염과 불똥이 사방 표면에 붉고 노란 빛으로 온통 어른거리고 있었다. 호흡 구체가 뱉어낸 가스가 거대 팬으로 가면서 거치는 배기 통로였다.

"뭘 부수고 있어?"

"초소."

화염은 저 앞쪽의, 또 다른 거대 팬의 상하좌우 네 곳에서 타오르고 있었다. 그녀는 온전한 모습은 보지 못했지만, 일 초 전쯤만 하더라도 거기 무장 경비 초소가 있었을 것이다. 초소들이 불타고 있고 호버 탱크가 무사하다는 것은, 초소가 채 작동되기 전에 모비가 제 임무를 다했다는 얘기다. 배기 통로 앞쪽의 거대 팬은 좀 작은 편이었다. 방금 뚫고 들어온 팬의 삼분의 일쯤 되는 크기였다. 말하자면, NW05 호흡 구체의 숨구멍이었다. 이제 그것마저 뚫으면 그들은 호흡 구체를 통제하는 기지 내부로 들어가게 된다.

"정말 일찍 깨어났네. 모비는 얼마나 잤어?"

"눈 깜짝할 새만큼."

모비는 양자포를 열곤 발사 버튼을 눌렀다. 이번엔 채 일 초도 당기지 않았다. 앞쪽의 팬에서도 화염이 솟았다. 그녀는 핸들을 잡고 빠르게 흔들었다. 파편이 해치를 스치며 뒤쪽으로 날아갔다. 뚫어! 모비가 소리쳤다. 그녀는 어쨌거나, 하고 소리를 높였다. 나가봐서 탈주선을 못 찾겠으면 모비, 내가 먼저 널 죽일 거야!

스피커에서 버드와 탈리스의 〈예레미야 애가〉가 폭발했다. 돌아보니 모비가 계기판에 얼굴을 처박고 음악 파일을 뒤지고 있었다. '옥스퍼드 컬리지'의 무반주 합창 음악이었다. 이게 뭔지 알고 틀었어 모르고 틀었어! 호버 탱크는 이제 팬의 중심부를 지나고 있었다. 화염은 한층 거세어져 시야를 완전히 뒤덮고 있었다. 탱크가 팬을 벗어나면, 화염이 걷히면, 그들 앞에 무엇이 나타날지 알 수 없었다. 수십 정의 자동 건일 수도 있고 수십 대의 전투용 호버 탱크일 수도 있었다. 이런 등골이 서늘해지는 순간에 모비는 음악 파일이나 뒤지고 있다. 고막을 찢을 듯 스피커를 울려대는 〈예레미야 애가〉는 원곡의 속도보다 훨씬 빨리 플레이되고 있었다. 합창단의 목소리는 그래서, 거의 알아들을 수 없는 파찰음같이 들렸다. 얇은 금속 두 장을 맞대어 사정없이 긁어대는 듯한 팽팽 소리가 그녀의 골을 울렸다.

"칠십오 퍼센트쯤 속도를 빨리하면, 이런 느려터진 노래도 꽤 즐길 만한 게 된다고!"

화염을 뚫는 순간 모비가 소리쳤다. 시야는 다시 환해졌고, 다행히 그들을 기다리고 있는 것은 없었다. 총알도 탱크도 미사일도 경보음도 없었다. 소용돌이치는 바람만이 탱크를 감싸고 부드럽게 일렁였다.

NW05 호흡 구체의 내부였다.

메꽃은 잠시 호버 탱크를 멈추고 고개를 들어 사방을 둘러봤다. 내부가 뻥 뚫린 이십 층쯤 되는 빌딩에 들어와 있는 기분이었다. 거대한 달걀형의 공동이 그녀의 머리 위로 치솟아 있었다. 대기는 바깥의 대기처럼 투명한 것이었지만, 어쩐지 거의 눈에 띄지 않는 노란빛이 감돌고 있는 듯했다. 사막의 폴립 군체 덤불의 싯누런 색깔을 수천 배 희석시켜놓은 빛깔 같기도 했다. 아닌 게 아니라, 내벽 전체에 싯누런빛의 수십 미터짜리 얼룩들이 져 있었다. 몇 년째 쌓이고 쌓여서, 덮이고 덮여서 켈로이드 형상의 더께를 이루고 있었다. 폴립 군체 덤불의 색깔과 비슷한 농도의 싯누런 색깔의. 그것은 호흡 구체가 도시의 대기를 정화하고 남은 찌꺼기, 곧 사막으로 뱉어낼 쓰레기들이었다.
샘 샌드 듄이라 불리는 가상 차원의 쓰레기장으로 당장이라도
쏟아져 들어갈, 장관이었다.

"엄청나."

옆 좌석에서 모비가 휘둥그레진 눈으로 감탄하며 입술을 빨
고 있었다. 그녀도 처음이지만, 모비도 호흡 구체의 내부를 보는
건 이번이 처음인 것 같았다. 탐사용 탱크였다면 이 거대한 광경
을 증명할 기록이라도 만들어 갈 텐데, 지금은 아무런 장비도 장
착된 게 없다. 호흡 구체의 내벽엔 싯누런빛의 얼룩들만 있는 게
아니었다. 직경 십여 미터짜리 팬들이 일정한 간격을 두고 달걀
형의 내벽을 촘촘히 둘러가며 설치되어 있었다. 정화 장치에 직
접 연결된 팬들 같아 보였다. 정화 장치가 대기를 거르고 남은
찌꺼기들을 이 달걀형 공동 안으로 배출해내는, 차원을 넘나드
는 과정의 첫 번째 팬인 듯했다.

"어딘가 출구가 있을 텐데."

모비가 중얼거리는 소리가 들렸다. 팬과 싯누런 켈로이드 형
상들 외엔 별다르게 눈에 띄는 게 없다. 통제 기지에서 이 안쪽
까지 관리하고 있다면, 사람과 차량이 드나들 출입구가 어딘가

반드시 있을 것이었다. 그녀는 탱크를 천천히 한 바퀴 회전시켰다. 그러곤 느린 속도로 부상했다. 출구를 모르니 서두르고 싶어도 서두를 수 없다.

"저거 엘리베이터 아냐?"

삼십 미터쯤 올랐을 때 모비가 팔을 뻗어 벽 한쪽을 가리키며 말했다. 공기압력을 이용한 무중력 고속 엘리베이터가 거기 드리워져 있었다. 투명한 재질의 통로에 찌꺼기의 싯누런 더께가 덮여 있어 눈에 띄지 않았던 것이다. 탈 수 있을까? 글쎄, 좁지는 않은데. 어쨌거나 여기부터 벗어나고 봐야 해. 그녀는 엘리베이터를 타는 대신 통로를 따라 올라가보기로 했다. 동체가 둔중하게 흔들리며 빠르게 공중으로 치솟아 올랐다.

무중력 고속 엘리베이터의 끝, 출입구는 호흡 구체의 꼭 중간쯤에 있었다. 더께에 덮인 투명한 통로가 출입구를 중심으로 위아래로, 수십 미터 기다랗게 뻗어 있었다. 더 망설일 것 없이 그녀는 자동 건을 퍼부어댔다. 불똥이 튀었고, 통로가 무너져 내렸다. 더께에서 떨어져 나온 먼지가 노랗게 피어올랐다. 그녀는 출입구가 부서져나가는 그 순간에, 액셀을 밟았다. 사막에서 호흡 구체로 넘어온 지 백십이 초 만의 일이었다. 칠십오 퍼센트 빠른 〈예레미야 애가〉가 채 끝나기도 전이었다.

  통제 기지의 플랫폼 구획이었다. 예상했던 대로, 메꽃과 그녀의 호버 탱크 앞엔 기다리고 있는 것이 있었다. 통제 기지의 경비 시스템이었다.

  "역시 굼벵이는 아니었어. 그렇지!"

  모비가 자동 건과 양자포를 번갈아 눌러대며 소리쳤다. 모비가 시스템을 망가뜨리고 있는 사이 그녀는 재빨리 핸들을 놀려 플랫폼의 트랩에서 벗어났다. 구식 소형 미사일 몇 기가 호버 탱크를 스쳐 지나가 아주 가까운 뒤쪽에서 폭발했다. 그녀는 모비의 능력에 다시 한 번 감탄했다. 사실 그녀는, 탱크 앞에 무엇이 있는지 자세히 보지도 못했다. 엘리베이터 출입구를 빠져나와 서둘러 고개를 들어보니, 벌써 앞쪽에서 분홍과 보라가 멋지게 어우러진 불꽃이 솟고 있었다. 이번에도 모비의 솜씨였다. 경비 시스템의 센서가 그들의 위치를 탐지해내기 전에 모비의 눈이, 감각이, 신경이, 한순간 앞서 시스템의 위치를 집어낸 것이었다. 그녀의 것과는 비교가 되지 않는 순발력이었다.

  "어디로 가?"

"아무거나 뚫어봐!"

"아, 아무거나!"

저 앞쪽 화염이 이상한 모양으로 일그러지고 있었다. 무언가
지금 화염 속을 지나고 있다는 얘기였다. 그들이 와 있는 플랫
폼에는 출구가, 언뜻 분간할 수 있는 것만 해도 십여 개가 나 있
었다. 개중 몇 개는 이미 모비에게 당해 불타고 있었다. 그녀도
모비도, 그 나머지 몇 개의 출구 중 어느 것이 기지 밖으로까지
이어진 것인지 알지 못했다. 그녀가 고른 것이 틀린 것일 수도
있었다. 지옥의 입구일 수도 있었다. 그녀는 머릿속에서, 선택
이란 개념을 싹 지워버렸다. 이것 봐, 나도 능력자라고. 아무것
도 선택하지 않을 거야.

그녀는 핸들을 쥐고 흔들며 소리 질렀다.

"그저 아무거나!"

호버 탱크가 통로에 끼어 옴짝달싹 못하게 되지 않은 것만도
다행이었다. 그녀는 낭패감에 빠져선 양자포를 수동으로 놓곤
조금이라도 걸리적거리는 것이 있으면 한 발씩 당겼다. 종잇조
각들이 반쯤 불이 붙은 채 사방으로 날아올랐다. 식판이 깡, 소

리를 내며 해치에 부딪혔다 튕겨나갔다. 유리 조각들이 불똥과 함께 치솟았다. 핏덩이와 살점이 어지럽게 튀어 와 달라붙었다. 몇 초 간격으로 탱크 바깥으로 튕겨나갈 듯한 충격이 그녀의 몸을 휩쓸었다. 화염에 시야가 가려 탱크가 온갖 장애물에 충돌하는 것이었다. 그녀는 복도가 막혔든 말든 장애물이 있든 말든 직선으로 길을 뚫었다. 어차피 기왕의 길을 알지 못한다면, 직접 만드는 수밖에 없다. 그녀는 기분이 차차 가라앉는 것을 느꼈다. 기분은 가라앉지만 핸들을 쥔 손은 더 잽싸지고 두 눈은 더 밝아지는 것을 느꼈다. 모비처럼, 그녀의 능력자로서의 육체가 제 속도를 찾아가고 있는 것이다.

"더 빠른 것 없어?"

등 뒤에서 모비가 소리쳤다. 모비는 좌석을 돌려, 자동 건을 탱크 후미에 맞춰놓고 추격해오는 기지의 전투용 호버 탱크를 쏴 떨어뜨리고 있었다. 후미 가까운 곳에서 무언가 폭발하는 충격 진동이, 그녀의 몸에까지 간간이 전해졌다.

"더 빠른 거 뭐?"

그녀의 목소리는 이제 완전히 가라앉아서, 가슴 깊숙한 데서 울려 나오는 거친 한숨처럼 들렸다.

"음악이 꺼졌잖아!"

그녀는 아, 그렇네, 했다. 그녀는 양자포 레버에서 잠시 손을 놓고 음악 파일을 뒤져 T. 쿠프만의 〈바흐의 하늘 높은 곳으로 부터의 변주곡〉을 찾아냈다. 그러곤 플레이 속도를 백이십오 퍼센트로 높였다. 날카롭게 고막을 긁어대는 오르간의 초고속 금속성 비트가 탱크 가득 폭발했다.

"모비, 마음에 들어? 다시 '바흐'야."

"그래, '초고속 바흐'군."

그녀가 고개를 들었을 때, 부서진 손 하나가 해치 한 귀퉁이에 찰싹 달라붙어 있는 것이 보였다. 손가락은 세 개밖엔 남아 있지 않았다. 활짝 펼쳐져선, 따귀를 올려붙이고 있는 듯한 형상을 하고 있었다. 핏물이 빨갛게 주위를 물들이며 흘러내리고 있었다. 그녀는 양자포를 한 발 쏘고 액셀을 한 번 밟는 식으로 앞으로 앞으로 전진했다. 둘 중 하나였다. 호버 탱크가 더 견디지 못하고 깨지든가, 마침내 기지 밖 세상의 진짜 햇살을 다시 맛보든가.

메꽃의 호버 탱크는 쓰레기를 흠뻑 뒤집어썼다. 그녀가 뚫은 길은 기지의 쓰레기 투하장 구획이었다. 그녀의 호버 탱크는 오물, 쓰레기, 고철 더미에 거꾸로 처박혔다. 여기서 나가면 소각장일까? 모비가 물었다. 나가봐야 알겠지. 그녀는 모비의 말투를 똑같이 흉내 냈다. 그녀는 양자포를 한 방 날린 다음, 쏟아져 내리는 화염 속으로 수직으로 치솟았다.

"좋은 경험이었어."

그녀가 궐련을 말고 있는 모비를 돌아보며 말했다.

기지 바깥까지 추격해 온 전투용 호버 탱크들은 모비가 모두 격추시켰다. 그다지 중요치 않은 외곽의 기지여서 그런지 탱크의 수도 많지 않았다. 가지고 있던 화력의 십 분의 일도 다 쓰지 않았다. 메꽃이 겨우 숨을 돌리고 굽은 등을 폈을 때 그녀 앞엔 잿빛의 바위투성이 황무지가 펼쳐져 있었다. 도심과 호흡 구체 기지 사이에 놓인 일종의 오염 완충지대였다. 계기판의 시계는 오전 네 시 이십일 분을 가리키고 있었지만 바깥의 실재 시간은 해 질 녘의, 땅거미가 막 내리기 시작한 시간이었다.

"지원부대가 오겠지?"

모비가 뒤쪽의 거대한 호흡 구체를 돌아보며 중얼거렸다. 달걀 형상의 호흡 구체 여기저기에서 희미하게 불꽃이 타오르고 있었다. 그녀와 모비가 뚫고 나온 통제 기지는 그 달걀형 구체의 옆구리에 딸린 자그마한 탭 같아 보였다. 혹 같아 보였다. 그리고 그것은 말뜻 그대로, 활활 타오르고 있었다.

"그러고 보니 탈주선이 별로 필요 없겠어. 칫. 그래, 모비. 어디로 갈 거야? 수배가 걸릴 텐데."

"글쎄, 내 즐거운 쥐구멍으로 들어가야겠지."

모비의 눈은 그녀의 볼록 튀어나온 가슴에 멎어 있었다.

"난 아무한테나 안 줘."

모비는 아쉽다는 듯 입술을 빨더니, 그럼 자이 섹터로 데려가달라고 했다.

"자이 섹터? 올드 마켓?"

황무지 저편의 노을 속에서 검은 점 몇 개가 나타났다. 시 방위군 기지에서 몰려온 추격대였다. 연료는 부족하지 않게 남아 있었다. 탈주선은 갖고 있지 않지만, 저 정도 거리면 격추될 일은 걱정하지 않아도 될 것 같았다. 기습이 유효했다. 그녀는 고개를 끄덕이곤 액셀을 밟았다.

올드 마켓의 중독자들

모비는 다시 자이 섹터의 올드 마켓 뒷골목으로 숨어들었다. 지겹고 끔찍한 일이다. 어쩌면 메꽃의 에어 독에서 보낸 두어 달이 그리워질 수도 있다. 거긴, 인간들은 혐오스럽지만 최소한의 갖출 것은 갖춘 환경이었다. 언제든 바꿔 끼울 수 있는 살균한 침대 시트, 잘 돌아가는 수도꼭지, 헤프지만 깨끗한 사람들, 손수 음식을 할 필요도 없고 이따금 진짜 고기도 나왔다. 그는 올드 마켓 뒷골목의 쥐구멍으로 돌아와 썩은 내를 풍기는 침대 위에 몸을 던졌다. 창 멀리로 라인 몇 개가 깨진 올드 마켓 상점의 네온사인이 보였다. 대필소 간판이었다. 올드 마켓 빌딩을 뒤덮고 있는 수십만 개의 간판 중 하나였다.

비운 지 얼마 되지도 않았는데 방 안 집기가 남아 있는 것이 없다. 토스터까지 쓸어가버렸다. 프라이팬도, AV 재생기도, 네트워크 시스템도, 책상도, 옷장과 속옷, 쓰다 만 재생 휴지까지 훔쳐갔다. 침대와 화장실 변기는 떼어가기에는 지나치게 더러웠을까. 잃어버린 것들 대개는 운반할 만큼의 가치도 없는 것들이어서 그리 신경 쓰이지 않았다. 무언가 필요하다면 그도 어디선가 쓸어 오면 되니까. 그래도 누구 딴 놈이 방을 차지하지 않은 것만도 다행이다. 그는 쓰러진 그대로 잠에 빠졌다. 손에 너클 단검을 가볍게 끼운 채로.

그가 잠을 깬 건 열여덟 시간쯤 후였다. 습관대로 손을 뻗어 머리맡을 더듬거렸다. 그는 꿈속에서 항구 근처의 바닷속에 잠수해 있었다. 정수탱크가 바로 코앞에 있었는데 아무리 헤엄을 쳐도 거기 닿을 수가 없었다. 답답해 팔을 휘저으면 본 적도 없는 누군가의 얼굴 가죽이 잡혔다. 솜씨로 보아 단검 전문가의 솜씨다. 짠물 속 가득한 해파리 떼처럼 벗겨진 얼굴 가죽들이 떠다니고 있었다. 그런 물은 아무리 목이 말라도 마실 수가 없다.

"내가 몇이나 죽였을까."

그는 가만히 눈을 뜨곤 쉰 목소리로 중얼거렸다. 자이 섹터에 도착해 호버 탱크에서 내릴 때 보니, 동체가 온통 핏물과 살점투성이였다. 이게 뭘까 하고 손을 내밀어보니 짓이겨진 코가 죽이 잡혔다. 콧수염도 몇 올 묻어 있었다. 모퉁이를 돌면서 누군가의 얼굴을 밀어버렸던 모양이었다. 자동 건과 양자포로 날린 사람 수만도 꽤 될 것이었다. 하필이면 그들이 뚫었던 곳이 기지의 주방과 식당, 사무실이었다. 세차하려면 골치 좀 아프겠어, 하고 그는 인사 대신 말했었다. 메꽃도 해치에 붙은 손 조각을 가리키며 그럴 거야, 하고 웃어 보였다.

그는 옆방을 뜯고 들어가 그곳의 욕실에서 샤워를 했다. 주인 자식은 곯아떨어졌는지 죽었는지 꼼짝도 하지 않았다. 찬물을 뒤집어쓰면서 그는 유니폼 안에서 불룩하니 솟아 나온 메꽃의 가슴을 떠올렸다. 메꽃은, 자이 섹터의 외곽에 그를 내려주면서 다시 한 번, 에어 독으로 같이 돌아가지 않겠느냐고 청했었다. 그는 물론 아니, 라고 답했다. 거긴 공중에 떠 있는 데 아냐? 그런데? 난 내 두 발이 거리에 붙어 있는 게 좋아. 가끔씩 거리로 내려오기도 해. 그래도 항상은 아니지. 그는 메꽃에게, 뭘 때려 부수든 그건 이제 각자 알아서 할 일이라고 했다.

열여덟 시간을 내리 자고 찬물을 뒤집어쓰고 나니, 몸이 좀 풀렸다. 그에겐 신경력과 체력을 회복할 필요가 있었다. 신경력은 과잉돼 있었고, 체력은 바닥에 가까워져 있었다. 쉽게 말해, 그는 배가 고팠다. 그는 주방으로 가 냉장고를 뒤져선 인공 달걀과 인공 닭고기를 꺼내 요리를 해선 배를 채웠다. 그러곤 다시 자기 방으로 돌아가 저녁까지 잠을 잤다.

피곤한 것의 대가는 충분히 받았다. 잠깐뿐이었지만, 사막과 호흡 구체의 내부를 보았으니 앞으로의 그의 일에 도움이 될 것이었다. 외곽의 호흡 구체라 그런지 경비의 수준은 대단한 게 아니었다. 그렇지만 쉬운 일도 아니었다. 사막 쪽에서의 기습이라는 조건이 좋았고, 확실히 운도 따라주었다. 그는 영원히 올드 마켓으로 돌아오지 못했을 수도 있었다. 탈주선도 전혀 확보해놓지 못한 상태에서, 그것도 호버 탱크 한 대만으로 호흡 구체를 칠 생각을 했다니.

'소문이 났을까.'

그는 NW05 호흡 구체에 대한 소문이 얼마나 퍼졌을지 궁금했다.

'쇼핑이라도 나가봐야겠군.'

며칠이 지났지만 NW05 호흡 구체 사건이 화제에 오르는 것을 모비는 보지 못했다. 언론에서도 크게 다뤄지지 않았다. 이류 시위 집단의 얼빠진 소행으로 취급했다. 정보 조작이나 은폐의 기미는 없었다. 그건 언론의 진짜 시각이었다. 올드 마켓의 주정뱅이들 사이에서도, 클럽의 바에서도, 중독자들 사이에서도, 세탁소와 정육점의 뚱보들도 사건 얘기에 흥미를 보이지 않았다. 아무 얘기도 돌지 않았다. 도무지 얘깃거리가 되지 않는 것을 내가 했구나, 하는 생각이 들었다.

'그것도 죽을 뻔하면서.'

하긴, 호흡 구체 따위야 아무리 때려 부숴도 시의 정책엔 손톱만큼의 영향도 미칠 수 없다. 그는 다시 소속 없는 부랑자로 돌아갔다. 올드 마켓에서 쎄고 쎈 게, 흔하디흔한 게 그와 같은 부랑자였다. 몸을 숨기고 싶으면 그저 시장통의 진창 속으로 걸어 들어가기만 하면 된다. 이태째인 이 부랑자 생활이 그의 신경과 근육을 갉아먹고 있었다. 좋은 음식과 잠자리를 원한다면 그가 갈 곳은 많았다. 시 방위군이나 타격대도 있었고, 메꽃의 에어 독 같은 시위 집단의 용병 자리도 있었다. 부촌에 가면 개인 경호원 자리도 얻을 수 있을 것이다. 그의 군 경력과 능력자로서의 퀄리티가 그걸 보장할 것이었다.

"자넨 써주지 않을 거야."

의사 아나토미가 혀 짧은 소리로 모비에게 말했다. 그는 의사 아나토미의 진료실을 찾았다. 올드 마켓의 멘델레프 칼리지 구역 이십육 층 삼백칠십이 호였다. 갓 뽑아낸 혈청처럼 투명한 담황색 조명이 실내를 비추고 있었다. 올드 마켓에 입주해 있는 수백 개에 달하는 무인가 진료실들 중 하나였다. 진료실의 수는 식료품점이나 식당보다 많았다.

"왜?"

그는 수술 침대에 걸터앉아 소매를 걷었다. 의사 아나토미는 주사기를 들이댔다. 시냅스 강화제 십 밀리리터. 작년에는 구 밀리리터면 되었는데, 갈수록 양이 늘어간다. 그가 어째서 써주지 않을 것 같냐고 묻자 의사 아나토미는 모니터를 들여다보며 소리 죽여 웃었다.

"자넨 자네가 뭐라고 생각해? 자네는 자네가 있어야 할 곳에 있지 않아."

"무슨 소리야."

의사 아나토미는 그에게, 자네 육체는 점점 더 강화되고 있어, 하고 말했다. 그의 신경 관련 수치가 갈수록 상승하고 있다는 얘기였다. 능력자 계급의 통상적인 신경 활동전위가 백이십 밀리볼트인데, 그의 활동전위 수치는 약한 전기 자극만으로도 이백 밀리볼트를 넘어버린다는 얘기였다. 신경전달속도도 말할 수 없이 빨라졌고, 신경전달물질들의 분비량도 자극이 없는 상황에서도 두 배 가까이 된다는 것이었다. 의사 아나토미는 네 수치들은 능력자 계급의 통상적인 수치를 넘어서 있어, 라고 말했다.

"그래서 뭐?"

수술 침대 건너편에는 하이퍼 오실로스코프의 모니터가 그의 신경 수치들을 그리며 깜빡이고 있었다. 설명을 듣고 보니, 에어 독의 얼간이들이 그를 두고 하던 수군거림들이 떠올랐다. 저 자식은 너무 거칠어, 저 새낀 너무 강해…… 그 얘기가 이 얘기였나? 그는 골이 쑤셨다. 능력자로서의 체력과 신경력이 향상되고 있다면 샘 샌드 듄에서 왜 그리 일찍 지쳤던 걸까? 시냅스 주사는 왜 맞아야 하고, 양은 왜 또 늘어가는 걸까? 왜 자꾸 한계를 느끼고 은퇴를 생각하게 되는 걸까?

"왜냐고? 글쎄."

의사 아나토미는 어깨를 으쓱해 보였다. 복잡한 문제에서 그만 손 떼고 싶을 때 나오는 버릇이다. 내가 초월자 계급이라도 된다는 말인가, 하고 다시 물었다. 아니, 돼가고 있다는 말인가?

"초월자 계급? 아직 거기까진 가지 않았고."

의사 아나토미는 고개를 저었다.

"거기까지 갔다면 이미 말했듯이, 자넨 벌써 그 자리에 없을 걸세."

주사액이 늘고 있는 것에 대해선 설명을 들을 수 있었다. 시냅스, 즉 뉴런과 뉴런을 이어주는 다리 역할을 하는 부위가, 늘어난 신경전달속도와 물질의 양을 견뎌내지 못하고 있다는 얘기였다. 다른 것들의 수치는 증가하는데, 유독 시냅스의 수치만은 더디다는 것이었다. 더디게 강화되고 있는 것이다. 그래서, 시냅스 강화 주사액의 양을 늘리고 있는 것이다. 의사 아나토미는 크게 걱정할 문제는 아니지만, 하고 운을 뗐다. 주사를 맞지 않고 그대로 놓아두면 죄다 툭툭 끊어져버릴 거야.

"툭툭."

빨라진 속도와 늘어난 양을 견디지 못하고 부러져버릴 거라고 했다. 연결 부위가. 시냅스 강화제를 맞지 않은 상태에선 신경에 과부하가 걸리지 않도록 주의하라고 했다.

그는 귀찮은 일이 생겼군, 하고 생각했다. 아직 능력자 계급의 육체가 초월자 계급의 육체로 상향 조정되었다는 얘기는 들어본 적이 없었다. 초월자 계급이란, 능력자 계급도 그렇지만, 타고나는 것이다. 모태에서 그 강한, 엄청난 육체가 형성되는 것이다. 의사 아나토미도 그렇게 알고 있었다. 그래서 확답을 주저하고 있는 것이다. 그렇다면 그걸 뭐라 불러야 할까. 상향 조정은 아니고. 초월자 계급으로의 진급? 이것도 적당치 못하다. 진화? 능력자에서 초월자로의 진화?

그건 노동자 계급이나 기술자 계급의 경우도 마찬가지였다. 노동자나 기술자가 능력자의 능력을 발휘하려면, 수술을 받아 이것저것 끼우고 붙여야 한다. 자연 진화는 없다. 그러면 그 역은? 그 역은 얼마든지 가능하다. 능력자가 어떤 식으로든 지나치게 육체를 혹사하게 되면, 그리고 회복할 기회를 놓치면, 한 계급 주저앉게 되는 것이다. 능력자에서 기술자나 노동자로. 퇴화, 퇴보, 퇴행, 그리고 은퇴. 중독자가 되어도 마찬가지다. 올

드 마켓의 부랑자들 중 얼마쯤은 한때 날렸던 기술자나 능력자
다. 그는 문득, 초월자도 그렇게 주저앉을 수 있는지 궁금해졌
다. 올드 마켓의 부랑자들 틈에 초월자 계급이 섞여 있다는 애
기는 아직 들어보지 못했다.

"내가 초월자가 되면 어쩔래? 겁나지 않아?"

"자네, 초월자를 본 적이나 있어?"

그는 구경도 못 해봤다고 했다. 그러곤 주사액이나 몇 개 달
라고 했다. 그는 의사 아나토미의 진료실을 나와 올드 마켓의
거리로 내려갔다.

*

메꽃의 예상이 맞았다. 그녀가 모비를 도로 데려올까 봐 길드
의 동료들이 잔뜩 겁에 질려 있었던 것이다. 호버 탱크에서 그
녀가 혼자 내리자 여기저기서 나지막이 탄식까지 흘러나왔다.

"질투나 하는 자식들."

그녀는 보란 듯이 혀를 차주곤, 기장실로 갔다.

대장은 벌써 소식을 듣고 있었다. 그녀를 보자마자 대장은

이제 우리 수배 사유에 목록 하나가 더 추가됐군, 하고 씁쓸하게 웃어 보였다. 목덜미의 정맥 혈관이 하얗게 부어 있었다. 사건 얘기를 전해 듣곤 당황한 나머지 '아슈라 60'을 몇 방 맞은 모양이었다. 동공 주위가 새파랗게 빛을 냈다.

"그러다 죽겠어, 대장."

그녀는 샘 샌드 듄에서 있었던 일, 모비와 함께 NW05 호흡 구체를 쳤던 일, 자이 섹터에 모비를 내려주었던 일들을 간략히 보고했다. 사건 보고서를 작성하지 않게 된 지도 꽤 오래됐다. 작성해도 대장이 읽지 않기 때문이다. 가상 차원 사막에서 근접했던, 실은 본 것도 아니지만, 그 알 수 없는 운동체에 대해선 아무 말도 하지 않았다. 그건 좀 더 신중할 필요가 있는 얘기였다. 좀 더 그녀 나름의 조사를 해본 다음에, 우선 대장이 약부터 깬 다음에 꺼내도 늦지 않은 얘기였다.

"그 자식이 뭐래?"

대장은 짐짓 지나쳐가는 말투로 물었다. 말투는 그랬지만, 눈빛엔 걱정이 어려 있었다.

"죄다 쏴 죽이고 싶지만 참겠대."

그녀가 깔깔 웃으며 말했다. 그리고 정색을 하곤, 모비를 다

시 데려오자고 덧붙였다. 우리한테는 관심 없어. 악심을 품을
만큼의 가치도 우리에겐 없다고 생각하니까 말이야. 그녀는 호
흡 구체를 뚫으며 모비가 보여줬던 그 기막힌 전투 능력을 설명
했다. 그걸 누가 몰라? 대장의 반응은 역시 시큰둥했다.

"나도 알아. 하지만 녀석에겐 단독 행동이 더 어울려. 약이나
깬 다음에 얘기하자."

메꽃은 꼬박 하루를 잠잤다. 깨어났을 때 그녀는 땀에 흠뻑
젖어선 대단히 불쾌한 감정에 사로잡혔다. 피곤은 풀렸지만 기
분이 영 아니었다. 까닭은 알 수 없었다. 호버 탱크의 해치에 붙
어 있던 그 조각난 손 탓에 그런가 했지만, 그것도 아니었다. 그
녀도 이젠 풋내기가 아니었고 그쯤은 끔찍한 광경도 아니었다.
그녀는 거의 핸들만 잡고 있었다. 열에 아홉은 그, 모비가 까딱
거리는 손가락에 죽었다.

좋지 않은 꿈은 꾼 것도 아니었다. 깜박깜박, 짧게 끊어지는
영상들이 나타났지만 뚜렷한 것은 없었다. 우유 수송 트레일러,
숨이 끊어진 엔진, 약을 놓는 대장, 새빨간빛의 사막, 이런 것들
이 그녀의 꿈속에서 마냥 흐릿하게 떠올랐다간 사라졌다. 그러
고 보니, 해독제를 맞지 않았다. 호버 탱크 밖으로 나온 적이 없

으니 굳이 해독제를 맞을 필요는 없을 거라 생각했던 것이다. 모비를 태울 때 잠깐 열린 해치를 통해 사막 대기의 유독 물질을 들이마셨을 수도 있었다. 그녀는 쑤셔오는 이마를 감싸 쥐곤 의무실로 갔다.

메꽃은 가운을 벗고 간이침대에 비스듬히 몸을 뉘었다. 에어 독의 상갑판 관측대였다. 지지대에 아슬아슬하게 걸쳐진 채로 지상으로부터 이백 미터쯤 떠올라 있었다. 에어 독은 덩치 때문에라도 그리 높이 떠올라 있지 못한다. 유리 덮개를 통해 태양 광선이 그녀의 벗은 몸에 내리쬐었다. 작은 먼지구름 하나가 아주 가깝게, 몇백 미터 저쪽에서 빠르게 흘러가고 있었다. 마음 같아선 덮개를 열고 바람을 맞고 싶지만 그건 불가능했다. 열자마자 그녀의 가벼운 몸은 수백 미터를 날아가, 구름에 파묻히게 될 것이다.

하늘의 빛깔은, 샘 샌드 듄의 디자인된 하늘의 빛깔보다도 더 질이 나빠 보였다. 가상 차원 사막의 가짜 하늘이 오히려 더 건강하고 아름다운 빛깔이 아니었나, 때깔이 더 좋지 않았나, 하는 생각이 들었다. 실재 차원의 하늘은 손을 내밀어 훑으면 까맣게, 뭐라도 묻어날 것 같았다. 그 더러운 하늘 속을, 그녀의 발치 저 아래에서, 붉은 갈퀴 신천옹 한 무리가 날고 있었다. 그녀는 브래지어를 떼어버리곤 돌아누웠다.

"왔어?"

고개를 들어보니 기계실장이었다. 팔뚝과 입가가 축축했다. 잠깐 잠이 들었던 모양이었다.

"앉으세요."

그녀는 일어나 앉으며 간이침대의 반을 비워주었다. 그녀는 기계실장의 뺨에 입술을 대곤 지그시 눌렀다. 짧고 흰 턱수염이 입술에서 까끌까끌거렸다. 기계실장은 은퇴할 나이가 이미 지나 있었다. 체력만으로 본다면 어딜 가나 퇴물 취급을 받을 것이었다. 마흔아홉 나이에 이렇게 '공중에 뜬 삶'을 지속할 수 있다는 것만도 기적처럼 보였다. 엉덩이를 꼬집는다거나 뽀뽀를 해달라고 귀찮게 굴곤 하지만 그녀는 화를 내본 적이 없었다. 기계실장의 남성으로서의 기능은 정지됐다. 그녀는 오히려 그런 기계실장이 귀여웠다.

기계실장은 자기 백발을 무슨 훈장처럼 여겼다. 훈장이나 다름없으니, 자기 백발을 보고 존경심을 보이라는 것이다. 진짜 훈장은 기계실장이 길드의 일원이 되기 얼마 전에 팔아먹었다. 중독자였던 것이다. 훈장을 받을 만치 뛰어난 기술자였지만, 지금은 뇌 한쪽이 뻥 뚫려선 더 이상 새로운 자료를 입력받지 못하게 됐다. 기계실장이 지닌 기술은 죄다 사 년 전의 것이다. 가난한 에어 독의 기계들이 낙후되어 있는 게 기계실장에겐 오히려 다행한 일이었다.

"호흡 구체를 쳤다며?"

"그냥, 외곽 것을."

기계실장은 감탄 반 걱정 반의 한숨을 쉬었다. 이번에 그녀와 모비가 이룬 성과는 그저 우연이 아니었겠느냐는 얘기였다. 게다가 외곽 쪽의 것이었으니 경비 수준도 그저 그랬을 것 아니었겠느냐고 했다.

"맞아요. 형편없었지요. 그래서요?"

그녀는 백발의 기계실장이 무슨 얘기를 하고 싶어 하는지 알고 있었다. 기계실장은 그저 아무 일 없이 오래오래 살고 싶어 하는 것이다. 시위 같은 것은 하지 말고.

"이번에 깨졌으니 경비가 더 강화될 거야, 그렇지? 시 방위군 자식들, 장난 아닌데."

그녀는 물론 그렇겠지요, 하고 우울하게 말꼬리를 흐렸다. 저 꼭대기 대장부터 이 백발의 기계실장까지, 다들 싸우기를 싫어한다. 겁낸다. 그럼, 길드를 해체해야 하나? 길드의 목적이 시위인데, 그것을 포기하면 그저 이 공중에 뜬 기지 위에서 놀기만 하자는 것일까? 시위 집단에서 친목 집단으로 성격을 바꿔야 하나? 그녀는 놀자판으로 변한 에어 독을 상상해보았다. 놀자판. 그렇다면, 그녀는 이곳을 뜰 것이다.

"그래도 할 일은 해야겠지?"

기계실장은 술 취했을 때의 대장과 똑같은 표정을 짓고 있었다. 싸우는 것은 마냥 미뤄둔 채, 싸우라고 들어오는 지원금으로 놀고 퍼마시고 즐기자는 식의. 대장은 출정하기도 전에 이삿짐부터 싸놓고 도망갈 궁리부터 하고, 기계실장은 지원금을 까먹으며 어떻게든 현상 유지할 생각만 한다. 이 오합지졸들은 어찌 보면, 시간을 질질 끌며 다른 길드에서 먼저 해주기를 기다리고 있는 듯도 싶다.

"이러단 정말 다 죽겠어."

그녀는 혼잣말로 중얼거렸다. 이렇게 한심한 정신 상태로는 접근하다 죽는다.

"지리멸렬해."

그래도 다른 길드보다는 형편이 낫다. 어떤 길드는 순전히 사기꾼 집단이라, 대의명분을 앞세워 여기저기서 지원금을 얻어다간 무기며 약 장사를 한다. 여긴 그 정도까진 타락하지 않았다. 아직까지는 싸우자는, 싸워야 하지 않겠냐는 분위기가 남아 있다. 그래서 그녀도 떠나지 않고 머물러 있는 것이다.

"탈주선은 확보됐어요? 트리거 포인트는?"

"하고 있는 중인가 봐."

기계실장은 시큰둥하니 답했다. 내심 탈주선이 영영 확보되지 않았으면 하고 바라는 것도 같았다. 아니면 하루라도 늦춰지든가. 정보 수집은 길드의 그나마 반듯한 정신을 가진 러셔들 몇이 팀을 짜 작업하고 있었다. 능력자 둘에, 기술자 하나. 지금은 거리에 나가 있다.

그녀는 잠이 들었다.

메꽃은 대장에게 수색팀에 자기도 끼워달라고 했다. 이유는 좀이 쑤신다, 였다.

"여기 있다간 나도 중독자가 될 것 같아."

"그 모빈가 뭔가 하는 자식……."

대장은 좋을 대로 하라는 식으로 손사래를 쳤다. 그녀는 모
비와는 아무 상관도 없는 일이라고 했지만, 대장은 들으려 하지
않는다. 휴가 삼아 내려갔다 오라고 덧붙였다. 그녀가 알기로
대장의 나이는, 서른 초반이었다. 적지 않은 나이였다. 며칠 후
그녀는, 전장 이백이십오 미터짜리 무중력 고속 엘리베이터를
타고 지상으로 내려갔다.

*

모비는 며칠째 올드 마켓 여기저기를 기웃거리고 다녔다. 이
대규모 상가, 상업 지역이 좋은 것은 이 안에서 원하는 것 대부
분을 얻을 수 있어서였다. 숨기도 좋고. 일상 용품은 말할 것도
없고, 사람의 장기에서부터 원한다면 메꽃의 에어 독만 한 대형
비행체까지 구할 수 있었다. 매일 이백만에 가까운 인파가 오가
는 초대형 상가라 마음만 먹는다면, 사랑도 구할 수 있었다. 사
랑도 생명도, 그리고 죽음에 이를 약과 병도 구할 수 있었다. 그
가 상가를 기웃거리며 지금 구하려 하는 것은 그러니까, 별것이

아닐 수도 있었다. 호흡중추의 데이터 말이다.

그런데 이게 조금도 쉽지 않다. 뜻밖에도 수확이 없다. 몰라서 얘길 않는 건지, 알아도 입을 다물고 있는 건지 확신이 서지 않았다. 물론 올드 마켓의 사람들은 호흡중추가 시의 어디에 있는지 잘 알고 있었다. 호흡중추가 무엇이고, 어디서 관리하는지 따위의 정보는 정보도 아니었다. 저학년 아이들의 교과서에도 수록되어 있으니까. 여론 개선용의 호흡중추 홍보 팸플릿이 어느 기관의 민원실에나 빠짐없이 설치되어 있을 정도니까.

"모두가 다 알고 있다는 얘기는 아무도 모르고 있다는 얘기야."

그는 기막혀하며 중얼거렸다. 모두가 다 알고 있는데도 그가 원하는 단 한 가지 것은 아무도 모르고 있었다. 호흡중추를 파괴하는 데 필요한 핵심 데이터 말이다. 경비 화력의 수준, 호흡중추 설계도, 외부와 내부의 타격점, 그리고 무엇보다 탈주선. 구하기 어렵다고 아무렇게나 아무한테나 마구 물어보고 다닐 수도 없는 노릇이었다. 시의 경찰은 귀가 밝다. 경찰의 귀가 세상 어디에 붙어 있을지 모르니 조심하지 않을 수 없다. 이러다간 시의 반대편에 있는 뉴 마켓까지 건너갔다 와야 할지도 모른다. 만약에, 메꽃의 에어 독으로 돌아간다면 정보를 좀 얻을 수도 있을 것이다. 그가 에어 독에서 샘 샌드 듄으로 버려졌다면, 길드에 NW05 호흡 구체의 필드 좌표 데이터가 있었다는 얘기다. 그 자체론 보잘것없는 정보지만, 그 외에 제법 쓸 만한 것을 더 갖고 있을지 모른다. 물론 에어 독의 힘을 빌리는 것은 가장 나중의 선택이다.

호흡중추는 말뜻 그대로, 모든 호흡 구체의 신경중추 역할을 하는 메인 호흡 구체였다. 시의 곳곳에 흩어져 있는 각각의 호흡 구체를 통제 관리하고 있었다. 각 호흡 구체의 데이터는 실제의 신경 기관들이 그렇듯이, 호흡중추의 메인 시스템을 일단 거치게 돼 있었다. 지리적으로도 호흡중추는 호흡 구체들의 중심에 세워져 있었다. 시의 중심 섹터, 시 정부청사가 있는 헤드쿼터스 섹터에 있었다. 그러니까 시 정부청사와 함께 나란히, 시 정중앙에 건설되어 있는 것이다. 기념물, 상징물처럼. 헤드쿼터스 섹터의 메인 스트리트에 나가 고개를 들면 언제나 그 거대한 건물을 볼 수 있었다. 호흡 구체들이 그리는 타원형의 도형 안에 중심점을 찍으면 그게 호흡중추였다. 외관만은 그와 메꽃이 뚫었던 NW05 호흡 구체와 다를 게 없다.

호흡중추는 에코 대미지가 극에 달했을 때 세워졌다. 환경 재앙은 어느 특정한 시의 문제가 아니었기에, 시 정부 연합에서 그 프로젝트를 추진했다. 일종의 대기 정화 프로젝트로, 각각의 시는 호흡 구체라는 거대한 정화 시설물들을 건설하기로 했다. 호흡 구체를 통해 더는 숨쉬기 위험해진 도시들의 대기를 정화하자는 취지였다. 그리고 호흡 구체가 정화하고 남은 환경 물질을 처분할 공간의 문제는, 당시에 갓 개발된 차원 생성기를 통해 해결하기로 했다. 즉, 가상의 차원을 만들어 그곳에 환경 물질을 비롯한 갖은 오염 물질들을 내다 버리기로 한 것이었다. 그가 메꽃과 함께 다녀온 샘 샌드 듄이라는 이름의 가상 차원 사막은 그러니까, 시의 쓰레기장인 셈이다.

가상 차원이 사막의 모습을 띠게 된 것은, 디자이너들의 영감의 결과였다. 그들은 트라이얼 고양이의 화장실이나 교토 앵무의 새장 바닥에 모래를 깔아주듯이 가상 차원의 쓰레기장에도 모래를 깔아주면 어떨까 생각했다. 가상 차원의 디자인은 그렇게 해서 결정됐다. 아무리 가상 차원이라 해도, 실재의 공간을 아주 차지하지 않을 수는 없었다. NW05 호흡 구체를 칠 때 그도 보았던 것이지만, 달걀형 호흡 구체의 밑동에는 반투명 재질의 돔형 시설이 딸려 있었다. 바닥의 면적은 자그마한 실내 농구장 크기였다. 그 정도 면적이지만, 그 안에 설치된 가상 차원의 바닥 넓이는 수천 제곱 킬로미터에 이르렀다. 백 년은 오염 물질을 내다 버릴 수 있는, 쌓아놓을 수 있는 넓이었다. 그런 호흡 구체를, 시의 크기에 따라 다르긴 하지만, 각각의 시마다 수십 개씩 건설해놓고 있었다. 그가 사는 시도 서른다섯 개의 호흡 구체를 관리하고 있었다. NW05 호흡 구체란 북서쪽의 다섯 번째 호흡 구체란 뜻이다.

올해는 호흡중추가 건설된 지 이십팔 년이 되는 해다. 'AD 28'이라 표기된다. '에코 대미지의 날 이후 이십팔 년'이라는 뜻이다. 이십팔 년 전이면 그가 태어나던 해다. 그는 흔히 말하는 '에코 대미지 베이비'였다. 이 모든 게 교과서나 홍보용 팸플릿에 수록되어 있는 내용이다. 그리고 사람들이 그렇다고 믿고 있는 내용이다. 우리가 사는 시는 호흡할 공간이 필요했고, 그래서 가상 차원의 사막을 만들어냈다는 내용이다. 호흡 구체가 우리의 폐며 그것을 통해 우리가 호흡한다는 얘기다.

"나한테 별걸 다 묻는군."

무기상 곳통이 흰소리하지 말라는 투로 쏘아붙였다. 이제 무기상 곳통의 직관 능력은 거의 바퀴벌레의 그것과 다름없어졌다. 무기 암거래 이십 년 생활이 무기상 곳통을, 아주 멀리 떨어져 있는 위험으로부터도 경계신호를 받을 수 있게끔 길들인 것이었다. 상대의 말 한 마디, 표정 한 조각에서도 무기상 곳통은 그것의 위험신호를 읽어낼 수 있다.

무기상 곳통은 NW05 호흡 구체 사건에 대해 벌써 속속들이 알고 있었다.

"그거 자네 짓 아냐?"

"글쎄, 그럴까?"

모비는 부인도 긍정도 하지 않고 시치미도 떼지 않았다. 무기상 곳통을 속일 수도, 그렇다고 믿을 수도 없어서였다. 도대체 속일 수 없는 사람에게 어떻게 거짓말을 하고, 믿을 수 없는 사람에게 어떻게 정말을 말할까. 그는 다만 무기상 곳통의 두 눈을 아무런 감정도 담겨 있지 않은 눈으로 빠안히 쳐다볼 뿐이었다. 그렇게 기다리다 보면 상대편에서 먼저 입을 열게 돼 있다.

"물건들은 대줄 수 있어."

"물건은 아무 데서나 다 대줘."

무기상 곳통은 이맛살을 찌푸리더니 할 수 없군, 하고 혼잣말로 중얼거렸다. 그러곤 손목에 부착된 패드에 무언가 끄적거렸다. 무기상 곳통은 그것을 계산대의 프린터에 연결해 작은 재생 플라스틱 종이에 출력해 건넸다. 받아 들고 보니, 올드 마켓 어딘가의 주소와 누군가의 이름이 적혀 있었다.

"난 아무것도 주지 않은 거야."

"내가 뭘 받기나 했나?"

그는 자리에서 일어나 잠깐 쇼케이스를 들여다보곤 조만간 물건을 사러 올 거라고 했다. 무기상 곳통은 고개를 끄덕였다. 최근엔 신경가스도 취급하는데, 관심 있으면 얘기하라고 했다. 단독 행동에는 그게 최상의 동지지. 그는 상점을 나오기 전 그냥저냥 필요한 물건의 목록을 마음속으로 정해두었다. NW05 호흡 구체를 뚫고 나오며 대충이나마 경비 화력을 경험해보았던 게 도움이 되었다. 근접 전투에는, 짧으면서도 강한 타격을 줄 수 있는 무기가 필요하다. 폭발력의 범위가 넓은 무기는, 자칫 그에게도 불똥을 튀길 수 있는 것이다. 메꽃의 호버 탱크에 달려 있던 양자포 같은 무기는 피해야 한다. 그렇다면 적당한 게 무엇이 있을까. 그는 상점 문을 나서며 천장에 걸린 신형 구 밀리 퓨전 디스럽터 건을 봐두었다. 휴대와 장착이 모두 가능한 무기였다. 타깃의 광자벽을 찢을 때도 유용하게 쓰일 것이다.

무기상 곳통이 적어준 주소는 아직 한 번도 가보지 못한 코스모그라드 구역에 있었다. 올드 마켓은 오랜 세월에 걸쳐 건물들을 쌓아 올리고 이어붙이고 했는데, 코스모그라드 구역이 바로 올드 마켓 최초의 건물 중 하나로 알려져 있었다. 거의 백오십 년 전에 지어진 건물이었다. 칠십사 층짜리인데 최근에 두어 층을 더 올려 쌓는 공사를 하고 있었다. 처음 지어질 때는 물론 칠 층짜리 소형이었다. 소문이 좋지 않게 나, 모비 그도 꺼림칙하니 여기고 있던 곳이었다. 특히 능력자들이 꺼리는 구역이었다. 노동자나 기술자 계급의 전통이 워낙 강하게 남아 있어 능력자나 초월자 계급이 견제를 받는 것이다. 올드 마켓이 경찰로부터 대대적인 청소를 당할 때도 이 구역만큼은 피해갈 수 있었다. 경찰 몇을 죽이고, 시 정부청사의 하드 스퀴시 코트를 폭탄으로 날렸더니 경찰 스스로가 철수해버렸다. 물밑에선 '아슈라 60'을 비롯한 독성 강한 약들의 공급량을 늘리겠다는 협박이 쉴 새 없이 이어졌었다. 그는 구역 일 층의 겨우 어깨 폭만 한 좁다란 통로들을 따라, 여기저기 주소를 좇아 흘러 다녔다. 썩은 내가 풍기는 검은 진흙이 질척였다. 머리 위에선 무엇인지 모를 희붐한 조명이 내리비추고 있었다.

그는 삼십일 층 구백십오 호에서 걸음을 멈췄다. 여러 차례 층을 올려 지은 까닭에 층마다 엘리베이터의 종류도 달랐다. 일 층부터 칠 층까지의 엘리베이터는 시의 문화유산으로 지정받아 마땅해 보일 만치 케케묵은 것이었다. 그는 잠시 머뭇거렸다. 일 층에서 묻은 진흙이 아직도 그의 위장화 콧등에서 반들거리고 있었다. 구백십오 호의 출입문은 우윳빛 플라스틱으로, 안쪽에서 이리저리 움직이는 사람들의 실루엣이 뿌옇게 비치고 있었다. 주소를 받아 오긴 했지만 그는 구백십오 호가 무엇을 하는 곳인지는 모르고 있었다. 그래서 출입문에 쓰인 '달 선생의 디자인 워크숍'이라는 문패를 보았을 때 주저하지 않을 수가 없었다.

그는 출입문을 열고 들어갔다. 환자 대기실인 듯한 장소였다. T자형의 기다란 소파가 있었고, 서너 사람이 거기 앉아 일제히 고개를 돌려 그를 쳐다봤다. 한눈에도, 신체 리모델링 상담을

받으러 온 사람들임을 알 수 있었다. 넓적다리 양쪽에 주먹만
한 혹을 박아 넣은 얼간이도 있었다. 출입문 맞은편 접수대에는
유니폼을 입은 간호사가 서 있었다. 그는 성큼 다가가 달 선생
을 찾는다고 말했다.

"예약하셨어요?"

그는 아니라고 했다. 무기상 곳통은 예약을 해두어야 한다
는 얘기는 하지 않았다. 그는, 자기는 다른 용무 때문에 왔다고
했다.

"무슨 다른 용무요?"

"뭘 좀 여쭤보려고."

"뭘 여쭤봐요?"

간호사는 그가 망설이자 어쨌거나 예약을 하라, 고 먼저 잘
라 말했다. 그는 한 대 후려치려다가 이곳이 능력자에게 적대적
인 코스모그라드 구역이란 걸 떠올렸다. 입이든 팔이든 잘못 놀
리다간 언제 지하 보일러 룸에 처박히게 될지 몰랐다. 그는, 예
약을 하고 다시 오긴 어렵고 저 줄의 끝에 앉아 기다리겠다고
했다. 그러고는, 팔을 뻗어 간호사의 머리채를 부여잡곤 접수대
에 한 번 짓찧었다. 그는 으르렁거렸다.

"가서 말해, 멘델레프 칼리지 구역의 모비가 왔다고."

*

　메꽃은 엡설란 섹터로 내려갔다. 시의 남서쪽에 위치해 있었
다. 모비를 내려준 시의 북동쪽 자이 섹터와는 십이만이천 킬로
미터쯤 떨어져 있었다. 호흡중추가 있는 헤드쿼터스 섹터와의
거리는 오만 킬로미터쯤이었다. 규모도 그다지 크지 않고, 새로
지은 시가지들이 반듯하게 뻗어 있는 기분 좋은 경관을 가진 섹
터였다. 교통 사정도 아직은 덜 어지러워서 거리를 산책하다가
추락하는 에어 택시에 납작하게 눌리는 일은 없을 듯했다. 그녀
는 벨벳그래스 마켓으로 갔다. 몇 달 전부터 내려와 있던 수색
팀과 합류하기 위해서였다.
　벨벳그래스 마켓은, 자이 섹터의 올드 마켓이나 프사이 섹터
의 뉴 마켓만큼 유명하지는 않지만 그래도 꽤 명성을 얻어가는
중에 있었다. 경찰의 강력한 제어 아래 초창기부터 암거래 시장
의 형성을 막아내는 데 성공하고 있었다. 약도, 불법 개조 무기
도, 밀매 장기도, 장물 탱크도 없는 마켓이었다. 대장이나 모비

라면 대단히 심심해했을 테지만, 그녀로선 산뜻한 기분에 날아갈 듯했다. 미용 수술 클리닉과 여성 용품 매장이 번성하는 것도 다 그런 이유에서였다. 이런 클린한 곳에서 수색팀이 은밀한 정보를 수집하고 있다는 게 믿어지지 않을 정도였다.

그녀는 점심을 먹곤 마켓의 04번 휴식 공원으로 나갔다. 오후 두 시였다. 자그마한 호수가 인공조명을 받아 옥빛으로 빛나고 있었다. 이십이 층에 설치된 실내 공원이라는 사실이 믿기지 않을 만치 안정된 자연스러운 느낌을 주고 있었다. 몇 분쯤 호수의 물빛을 바라보고 있자니 누군가 옆에 와 앉았다. 수색팀의 싱이었다.

"더 예뻐졌느니 하는 얘기는 기대하지 말아."

싱이 종이에 싼 설탕 과자를 내밀며 그녀에게 말했다. 아직 점심을 해결하지 못한 모양이었다.

"넌 조금도 예뻐지지도 않았고, 근본적으로 개선의 여지도 얼마 없으니까 말이야."

그녀는 화내는 표정을 지어 보이며 싱의 아랫도리를 툭, 쳤다. 싱은 침을 튀기며 웃어댔다. 싱과는 길드 동기였다. 그러고 보니 서로의 속옷을 들춰보는 따위의 장난을 쳐본 지도 정말 오래됐다. 그녀는 살아 있어 다행이야, 하고 끌끌 혀를 차주었다. 그녀는 싱을 따라 수색팀의 안전 가옥으로 갔다.

수색팀의 안전 가옥은 벨벳그래스 마켓에서 몇 블록 떨어진 주택가에 있었다. 손바닥만 한 정원이 하나씩 딸린 단독주택 주거지역이었다. 싱은 경찰의 통제력이 가장 강한 섹터라는 점에서 엡설란 섹터를 골랐다고 했다. 설마 지들 코앞에 우리가 있으리라곤 생각 못 할 거야, 싱이 말했다. 방 두 개에 있을 것은 다 있는 괜찮은 가정집이었다. 메꽃은 꽤나 잘살고 있네, 하고 놀라 중얼거렸다. 돈을 어디서 구했어? 길드. 어차피 우리 돈도 아니잖아. 싱은 그녀에게 집 안 여기저기를 구경시켜주곤 땀내를 좀 닦으라며, 샤워실로 안내했다. 그러곤 자기도 따라 들어왔다.

"데이터는 얼마나 확보했어?"

샤워기의 성능도 나쁘지 않았다. 그녀는 쏟아지는 물줄기 밖으로 고개를 내밀곤 싱에게 물었다. 싱은 얼마 구하지 못했어, 라고 맞은편 물줄기 속에서 소리쳤다. 구한 건 어떤 건데? 나가서 얘기해줄게. 그녀는 꺼림칙한 기분이 들었다. 싱의 목소리가 시원스럽지 못했다. 정보를 아직 구하지 못했거나, 아니면 틀린 정보를 구했거나, 아니면 사기를 당해 돈을 몽땅 날렸을 수도 있었다. 수색팀 중엔 중독자가 없었다. 그래서 모두가 믿고 보냈다. 그녀가 길드에선 너희를 믿어, 라고 하자 싱은 아무래도 상관없어, 라고 답했다.

"길드가 우릴 믿든 안 믿든, 우린 우리가 할 수 있는 일들만 할 수 있을 뿐이야."

가만 살펴보니 싱은 건너편 물줄기 속에서 이쪽을 쳐다보며 손장난을 치고 있었다. 우리가 할 수 있는 일들만 할 수 있을 뿐이라고? 그녀는 싱의 말을 되씹었다. 모비도 싱과 비슷한 말을 했다. 그럴 만하니까 그러는 거야…… 그런 말들은 우울하게도, 또 한편으론 정직하게도 들린다. 할 수 없는 일들은 할 수 없다는 얘기고, 그럴 만하지 않으면 그럴 수 없다는 얘기…….

"너희가 할 수 있는지 없는지, 해보지도 않고 어떻게 알아?"

"알아. 우린 알아."

그녀는 이해할 수 없는 자식들이군, 하고 속으로 중얼거렸다. 싱은 길드 동기긴 했지만 전투 경험은 그녀보다 많은 편이었다. 모비는 말할 것도 없고. 그러면 호흡중추를 깰 수 없다고 생각하면 덤벼보지도 않을 텐가? 이런 생각을 하며 그녀는 안쓰럽고 딱한 마음에 고개를 갸웃거렸다.

샤워를 끝내고 좀 노닥거리다가 메꽃은 수색팀이 확보해놓은 데이터를 검색했다. 호흡중추 기지를 감싸고 있는 외부 광자벽에 대한 데이터가 조금, 초동 경비 시스템에 대한 데이터가 조금, 기지 내 호흡중추의 위치, 기지로부터 삼백 킬로미터 반경까지의 탈주선 데이터가 있었다. 그녀는 수색팀이 몇 달이나 내려와 있었는지 손을 꼽아본 다음 한숨을 쉬었다.

"그동안 애인이나 만들고 있었던 거 아냐?"

"만들었지만 한 달 보름 만에 깨졌어."

"트리거 포인트 데이터는 없어?"

"타격점은 아직 몰라. 그냥 광역 부스터로 몽땅 날리면 어떨까?"

꼭 필요한 데이터 두 가지가 부족했다. 하나는 타격점 데이터로 호흡중추를 단 한 방에, 완벽하게 날려버리기 위해서는 없어선 안 될 데이터였다. 그게 없으면 호흡중추 앞에 호버 탱크를 세워놓곤 될 때까지 미사일을 쏟아붓고 있어야 한다. 아니면 진짜 광역 부스터 미사일을 사용하든가. 부족한 데이터 나머지 하나는 탈주선 데이터였다. 기지에서 반경 삼백 킬로미터까지밖엔 확보해놓지 못했다. 삼백 킬로미터라면 눈 깜짝할 새에 추격당한다. NW05 호흡 구체는 시 외곽의 것이고 또 운도 따라주어 추격당하지 않을 수 있었지만, 이번엔 시 한가운데였다. 헤드쿼터스 섹터 전체의 방위 병력이 따라붙을 것이었다. 섹터 하나의 경계도 벗어나지 못하고 모조리 격추당하게 될 것이었다. 호흡중추는 보안이 대단해, NW05의 경우처럼 필드 좌표 정보를 빼내 내부로부터의 기습도 하지 못한다. 샘 샌드 듄으로부터의 공격이 어려운 것이다.

"최소한 이천 킬로미터는 돼야 해."

그녀가 걱정스러운 투로 말했다. 목소리가 탁해졌다. 반경 이천 킬로미터까지는 확보해놓아야 길드의 피해를 줄일 엄두를 낼 수 있다. 이천 킬로미터면 대충 섹터 하나의 경계는 넘어갈 수 있는 길이다. 그 정도는 돼야 중간에 추격을 따돌리고 안전하게, 눈에 띄지 않고, 말끔히 사라질 수 있다. 미리 마련해둔 안전 가옥으로 숨어들 기회를 얻게 된다. 그리고 나선, 에어 독이고 뭐고 서로 영원히들 바이바이다. 싱은 팀 나머지가 곧 돌아올 테니, 다시 상의해보자고 했다. 괜찮은 정보를 기대해도 좋을 루트 몇을 알고 있고, 지금 접촉 중이라고 했다. 추가 자금 지원은 필요 없다고 했다. 어차피 한 탕에 끝낼 일이니 신뢰고 신용이고 필요 없다는 얘기였다. 정보를 공짜로 제공받겠다는 얘기였다. 정보를 넘겨받는 대로, 알아서 입을 다물게 하겠다고 했다. 거기까진 내 알 바 아니야. 그녀는 마룻바닥에 길게 드러누웠다. 이거 진짜 나무야? 응. 굉장하군.

"얼마나 걸릴 것 같아?"

"이번 달 말로 끝나지 않을까?"

그녀는 알았다는 뜻으로 턱을 까딱까딱거렸다.

"넌 좋은 탱커야. 죽기에 아까운."

싱이 거실 저 맞은편에서 혼잣말처럼 중얼거렸다.

"맞아, 최고는 아니지만 꽤 좋은 탱커지. 죽기에 아까운."

그녀는 졸린 목소리로 대꾸했다. 아, 난 나무가 좋아. 그녀는 싱에게서 등을 돌린 자세로 그대로 잠이 들었다.

수색팀의 나머지 둘이 돌아온 것은 다음 날 아침이었다. 코끝이 빨개져 있었다. 입에서 썩은 내가 풍겼다. 둘은 메꽃과 싱이 아침을 먹고 있는 식탁 바로 옆에 고꾸라지듯 쓰러져서 드렁드렁 코를 골았다. 그녀를 알아보지도 못했다. 싱이 여기저기 주머니를 뒤져보았지만 그녀가 기대했던 것은 아무것도 갖고 있지 않았다. 밤새껏 무엇을 하며 싸돌아다녔을지 뻔했다. 바지 아랫도리가 척척하게 젖어 있었다. 그 대장에 그 러셔들이다. 둘이 식탁 아래 널브러져 거친 숨을 내쉬는 동안 그녀는 싱에게 모비 얘기를 들려줬다. 수색팀은 모비가 내부 객체로 영입되기 전에 내려왔기 때문에 모비를 알지 못했다. 싱은, 그런 친구가 다 있다니 놀랐다는 표정을 지었다. 그 친구 초월잔가? 아니, 능력자야. 그럼 좀 진화된 능력잔가? 그런 것도 있어?

그녀는 오전 늦게, 싱에게 빨랫감을 넘기곤 쇼핑을 나섰다. 이 시에서 태어나 이 시에서 스물몇 해를 보냈지만, 여기 엡설란 섹터에는 처음이었다. '허니문'이라는 별칭의 구역이 있을 정도로 깨끗함을 자랑하는 섹터였다. 세금도 많고. 으리으리한 부촌이 발 닿는 데마다 형성돼 있었다. 약은 어디서 할까? 집 안에서? 화장실이나 세탁실, 뭐 그런 데서? 엡설란 섹터에는 시에서 정평이 난 고급한 중독자 재활원이 두 군데나 있었다. 올드 마켓의 악명 높은 중독자 재활원에 비교하자면, 그야말로 하늘과 땅 차이다. 올드 마켓의 재활원은 재활원이라기보다는, 양성소나 무장만 하지 않은 게토에 가깝다. 한때 에어 독에도 올드 마켓 재활원 출신이 넷이나 있었다. 얼마 전에 거리에서 창녀 둘을 쏴 죽인 러셔가 그중 하나였다. 그 넷 중 둘은 대장이 재작년에, 이백 미터 아래 거리로 던져버렸다.

그녀는 벨벳그래스 마켓 주변을 한참이나 쑤시고 다녔다. 수색팀은 약을 하지 않아 그녀가 직접 구해야 했다. 싱으로부터 어디쯤 가면 약을 구할 수 있을 거라는 얘기는 들었지만, 암시장을 찾기가 영 쉽지 않았다. 재미로 가끔씩 하는 탓에 굶주린 기분은 들지 않았다. 그저 긴장을 좀 풀고 싶었다. 필요한 것을 아직 확보하지 못한 데서 온 압박감이 그녀를 죄어왔던 것이다.

결국 찾아낸 곳이 워커스 네스트 구역이었다. 퇴물 잡역 노동자들의 거주지였다. 섹터의 중심지에서 두 시간이나 차를 타고 가야 하는 곳이었다. 이를테면 슬럼이었다. 슬럼의 마켓이었다. 그녀는 마켓의 골목에서 따라붙은 호객꾼을 따라 인도 벵갈식 식당으로 들어갔다. 거기서 원하지도 않은 저녁 식사를 했고, 후식처럼 딸려 나온 약을 몇 개 구입했다. 바가지였다. 올드 마켓이라면 무엇이든 한 다스는 구할 수 있을 가격이었다. 요즘

한창 뜨고 있는 '아슈라 60'은 없었다. 그녀는 골이 쑤셨다.

'버전 2.0'이라는 이름의 약이었다. 무엇의 2.0 버전인지는 알 수 없었다. 싱의 얘기를 들으니 그것의 원판은 십 년 전에 나왔고, 지금은 구할 수 없는 것이라고 했다. 그렇담 십 년 전 약의 업 버전이란 얘긴가. 그녀는 싱과 함께 사이좋게 나눠 목에 찔러 넣었다. 수색팀의 다른 둘은 다시 외출하고 없었다.

"이건 그냥 졸린 건가?"

기다려보았지만 졸음만 오고 별 반응이 없자 그녀가 물었다.

"글쎄, 나도 처음이라서."

그러고 보니 독성이 얼마나 되는지도 알지 못했다. 독성이 과하면 영영 눈을 뜨지 못할 것이었다. 모비의 얼굴이 떠올랐다.

"난 이런 거 싫어!"

잠시 후, 싱이 소리쳤다. 졸려서 자꾸 감기는 눈을 치켜뜨고 싱을 보니, 싱의 목이 반쯤 꺾여 있다. 혀도 몇 센티미터쯤 입술 바깥으로 흘러나와 있다. 그녀는 그제야 '버전 2.0'의 정체를 짐작할 수 있었다. 근육이완제 아니면 신경이완제였다. 그녀는 신기한 마음에 거울을 보려고 자리에서 일어났다. 그리고 허리를 세웠을 때, 온통 희게 빛나는 누군가가 서 있는 것이 보였다. 그 누군가의 원피스 가운에서도, 살결에서도 희게 빛이 났다. 머리 카락은 몇 가닥으로 뭉쳐 사방으로 휜 전광처럼, 흰 뿔처럼 뻗쳐 있었다.

"이런 초월자로군. 안녕하슈!"

그녀는 꾸벅, 하고 인사했다. 키는 그저 그녀만 했다. 인사하며 그녀는, 초월자를 한 번도 본 적이 없는 내가 어째서 이 사람이 초월자라는 걸 아는 걸까, 하고 이상해서 스스로에게 물었다. 그녀는 그러다, 중심을 잃고 비틀거렸다. 두 무릎과 발목이 그녀 앞의 그 이상한, 희게 빛나는 누군가를 향해 빨려 들어가고 있었다.

"이런 씨발."

그녀는 천천히 걸어 들어갔다, 초월자의 내부로.

*

간호사의 이마를 깨준 효과는 금방 나타났다. 간호사는 비명을 지르며 진료실로 뛰어들어갔다. 진료실에서도 계속 비명을

질러댔다. 누가 나타날지 모비는 궁금했다. 달 선생이라니 누굴
까. 지하 세력의 또 다른 보스일까. 이렇게 자기 사람을 쥐어 패
도 괜찮을 사람일까. 잠시 후, 이마가 피로 범벅된 간호사가 나
와 그를 불렀다. 팔 한쪽이 기형적으로 큰 너절한 차림의 사내
가 진료실에서 간호사를 뒤따라 나왔다. 아마도 그가 벌인 소란
탓에 리모델링 검진 도중 쫓겨난 모양이었다.

"난 달이다."

"츕."

그가 진료실에 들어가자마자 난 달이다, 하는 소리가 들렸
다. 그는 잠시 할 말을 잊곤, 소리 나게 입술을 빨았다. 멍청해
져선 고개만 주억거렸다.

"멘델레프 칼리지 구역의 모비라고?"

은퇴한 지하 세력의 보스 스타일이 아니었다. 그런 스타일이
따로 있는 건 아니지만, 어쨌거나 이 치는 아니었다. 자기를 달,
이라 소개한 치는 진료실 귀퉁이 시스템 바에 앉아 궐련을 말
아 피우고 있었다. 진료실 자체는 여느 진료실 모습과 다르지
않았다. 신체 리모델링 견적을 내기 위한 여러 제어장치들이 규
모 있게 들어차 있고, 안쪽으론 리모델링 작업실 출입문이 나

있었다. 그보다 머리 두 개쯤은 더 큰 의료 기술자 둘이 달 선생의 왼편 오른편에 서서 그를 빤히 바라보고 있었다. 덩치는 크고 둔하게 보이지만, 틀림없이 섬세한 수작업을 위한 신체 리모델링 과정을 거쳤을 것이었다. 둘의 손에 끼워진 수술용 장갑이 그것을 증명하고 있었다. 손가락의 마디가, 네 마디였던 것이다. 길이도 그만큼 길고. 세 마디가 네 마디가 되면, 수작업의 효율은 한 배 반이 된다.

"자네 얘긴 들어본 적이 없는데. 스스로 이름이 있다고 생각하나?"

시스템 바 너머의 달 선생은 그를 향해 우울하게 가라앉은 목소리로 말했다.

"아무렇게나 쳐들어와도 무사할 만큼 이름이 났다고 생각하나?"

달 선생의 목소리는 끝도 없이 갈라지고 있었다. 성대가 얼마나 상했는지 말이 한 번에 끝나지 않고 여러 차례 짧게 끊어지며, 허밍처럼 울리고 있었다. 입술은 핏기가 전혀 없이 곤약처럼 희었고, 짓물러 있었다. 이빨은 없었다. 언뜻 비치는 잇몸은 시커멓게 죽은 채로 닳아가고 있었다. 궐련을 피울 때 쓰는 짧은 스트로를 탈착할 수 있는 작은 금속제 장치만이, 앞이빨이 있어야 할 자리에 끼워져 있었다. 눈의 흰자위는 실핏줄들이 터져 새빨갰고, 동자는 까맣게 죽은 빛을 냈다. 두 짝 다 인조 수정체였다. 코는 구멍만 나 있는 채 거의 흔적이 남아 있지 않았다. 거죽이 늘어져서 그런 건지 두개골이 삭아 쪼그라들어 그런 건지, 어쩜 이럴 수 있을까 싶게 얼굴 거죽 전체가 주름져 턱 쪽으로 흘러내리고 있었다. 덩치도 상당히 작아서 서보았자 그의 허리께밖엔 오지 않을 듯했다. 얼굴이며 손이며 할 것 없이 피부는 검누렸고 곰팡이가 슨 것 같은 상처들이 자리를 가리지 않고 곳곳에 나 있었다. 자리에서 일어나기는커녕, 당장 그 자리에 고꾸라져 시체가 될 것 같은 인상이었다.

'무기상 곳통이, 굉장한 놈을 소개시켜줬어.'

그는 속으로 중얼거렸다. 올드 마켓에 쥐구멍을 파고 지내면서 참 많은 중독자를 봐왔지만, 이 달 선생이라는 작자만치 몸이 상한 중독자를 보기는 또 처음이었다. 그래서 그는 놀랐고, 할 말을 잊어버렸던 것이다. 대개는 이 지경에 이르기 전에 죽기 마련인데 이 친구는 살아 있군, 시체나 다름없이……. 이런 생각이 그의 머릿속을 스치고 지나갔다. 그는 바 너머를 향해 미소를 지어 보였다. 그러잖아도 소란을 피웠는데 구역질 난다는 표정까지 지을 수는 없는 노릇이었다. 나이는 얼마쯤 되었을까. 중독자는 다른 종류의 나이를 먹는다. 약을 얼마나 오래, 많이 먹었느냐가 중독자들만의 나이 계산법인 것이다. 신체가 상한 정도로 봐선 백아흔 살쯤 돼 보이지만, 실제 나이는 모비 또래일 수도 있고, 그보다 더 어릴 수도 있다.

"어쩐지 귀찮은 손님 같아. 여긴 코스모그라드야."

달 선생은 갈라진 목소리로 몰랐으면 알아두라는 식으로 말했다. 목소리에 힘이 들어가 있었다. 그것도 신기한 노릇이었다.

"밖에 나가 기다리다가, 다시 올 수도 있습니다."

그만 포기하고픈 생각이 들었다. 그는 다 집어치우고 올드마켓의 정겨운 쥐구멍으로 돌아가고 싶어졌다. 달 선생의 양편에 선 덩치들이 여차하면 덤벼들어 그의 팔다리를 꺾어놓을 듯도 싶었다. 험한 일을 하는 놈들이니, 틀림없이 근육에 심지를 박아 넣었을 것이다.

"얘기해봐, 모비. 자네가 NW05 호흡 구체를 뚫었지?"

돌아서려다 말고 그는 멈춰 섰다. 이 살아 있는 시체가 그걸 알고 있다니, 그 일에 관심이 있었다니 뜻밖이었다.

"자네 말고 또 한 명, 그 여자애는 어딨나?"

그는 갔습니다, 하고 답했다. 그저 어쩌다 합류하게 된 여자라고 덧붙였다.

"그런 대단한 능력자가 리모델링이 필요해서 내 디자인 워크숍을 찾은 것은 아닐 거고. 약이라면 세일하는 곳이 많을 텐데, 왜? 밖에는 손님들이 많아."

그가 머뭇거리자 달 선생은 손사래를 해서 두 덩치를 내보냈다. 그것도 깜짝 놀랄 일이었다. 처음 보는 낯선 이와 단둘이 남아 있을 생각을 다 하다니. 그라면 결코 하지 않았을 짓이다. 덩치들이 나가자, 그는 진료실 한편의 작은 스툴을 끌어다 시스템 바 앞에, 달 선생과 마주 보는 자리에 앉았다.

그는 찾아온 목적을 간단히 밝혔다. 진짜 타깃은 NW05가 아니라, 호흡중추라고. NW05 따위는 심심해서 못 하겠다고. 짐짓 진지하게 보이지 않으려고 진땀을 뺐다. 넘치는 힘을 주체 못 해 총 갖고 장난이나 쳐보려는 경솔한 젊은 치처럼 보이려고 애를 썼다.

"그렇담 잘못 찾아왔어."

달 선생은 잘라 말했다. 확실히 연기가 서툴렀다.

"세월이 평안하니 사람들이 별것에 다 관심을 갖는군. 시위, 파괴, 테러, 그런 건 뭐 취미 생활 같은 건가? 게임 같은 건가?"

"반쯤은 그렇고, 어쨌거나 뭐든 해야겠지요. 비싼 몸을 그냥 놀릴 수는 없으니."

모비는 소리 나게 입술을 빨았다. 달 선생은 무언가 곰곰 생각하는 듯하더니, 다시 입을 열었다.

"호흡중추는 가짜야."

"거기 없다는 얘깁니까?"

"……거기 있지. 하지만 그걸 깨봤자 원하는 건 아무것도 얻지 못해. 아무것도 달라지지 않아."

그는 다음 얘기를 기다렸지만 달 선생은 손을 흔들어 그를 물리쳤다. 그러곤, 목덜미의 늘어진 거죽을 쭉 잡아 펴더니 약을 찔러 넣었다. 차라리 애원을 해보지그래? 공짜는 없어, 내겐 뭘 주겠나? 난 MC 구역의 용병 모비입니다. 알았네…… 아, 나가지 않고 뭐 해? 그는 잠시 얼뜬 얼굴로 엉거주춤 서 있다가 진료실을 나왔다.

대기실에선 간호사가 그를 기다리고 있었다. 씻지도 않았는지, 피투성이 그대로였다. 간호사는 그에게 다가가 다음에 만나면 목을 잘라주겠다고 했다. 손에는 의사들이 주머니에 꽂고 다니는 휴대용 레이저 메스가 들려 있었다. 그러곤 나머지 한 손을 그의 턱밑에 대고 펴 보였다. 간호사가 말했다. 그건 가짜야, 모두가 알고 있는 걸 너만 모르는군.

"그게 가짜란 걸 굳이 확인하고 싶다면 여길 찾아가봐."

간호사는 그의 머리보다 두 배쯤은 더 큰, 기형적으로 커다란 머리를 천천히 흔들어 보였다. 그의 손엔 주소가 적힌 재생 플라스틱 종이가 넘겨졌다. 역시 코스모그라드 구역의 어딘가였다.

"달 선생님이 미리 연락해두실 거야. 그리고…… 이번엔 살려주는 거야."

달 선생의 디자인 워크숍을 나서는데, 등 뒤에서 간호사가 덧붙였다.

모비는 좀 더 조심할, 신중할 필요를 느꼈다. 어쩌면 약간 겁을 먹은 것인지도 몰랐다. 코스모그라드는 역시 기분 나빠, 역겨워, 하는 생각이 깜박깜박 그를 찾아왔다. 그래서 며칠을 쇼핑이나 하며 망설이고 있었다. 간호사가 쥐여준 주소로 무작정 쳐들어갈 것인가 말 것인가. 주소는 코스모그라드 사십오 층 이백삼 호 '질의 지도 제작소'였다. 탈주선의 정보가 필요하다고 하니, 그저 아무 지도책 제작소나 소개해준 것 아닌가, 하는 의문도 들었다. 거기에 또 무엇이 그를 기다리고 있을지 몰랐다. 시체나 다름없는 중독자가, 손가락 마디가 네 개인 간호사 복장의 덩치들과 함께 그를 기다리고 있을 수도 있었다.

그는 그 주소에 대해 여기저기 탐문하고 다녔다. 뜻밖에도 '질의 지도 제작소'를 알고 있는 사람이 꽤 있었다. 하긴 교통 지도를 비롯한 시의 갖가지 지도책을 출판하는 곳이니, 당연한 일이었다. 그곳은 공인 제작소로부터 데이터를 빼내 싸구려 해적판을 찍는 것으로 유명했다. 코스모그라드 구역에 뿌리를 박은 만큼 경찰 단속의 힘도 거의 미치지 못한다. 질, 이란 지도 제작소 소장의 이름이었다. 그리고 며칠 후에 그는, 택시 운전사 넛터로부터 좀 더 자세한 이야기를 들을 수 있었다. 지금의 추격선(追擊線) 프로젝트가 바로 그 질, 이란 작자의 작품이라는 얘기였다.

삼십 년 전쯤에, 시 정부는 시의 방위 체계를 새로 짰었다. 시 외곽으로부터의 위협 요소보다, 시 내부로부터의 위협 요소가 증가하고 있었기 때문이었다. 시위나 테러 같은 것 말이다. '에코 대미지의 날' 앞뒤로, 그 대혼란 앞뒤로, 시위나 테러 집단들이 급증했고, 활동의 수준도 극렬해지고 있었다. 이념도 다양해서 무정부주의에서 반(反)네트주의, 환경원리주의, 정신통제주의, 바하이행동주의, 부활한 반달리즘까지 온갖 것이 세상의 이곳저곳에서 부글거렸다. 에어 독 같은 지금의 길드들은, 그 악명 높은 초창기 길드들의 그림자인 것이다. 그리고 그것 역시 호흡중추처럼, 어느 특정 시의 문제가 아니었기에 시 정부 연합이 참여해 이뤄졌다.

삼십 년 전에 세워진 추격선 프로젝트란 그러한 길드들의 시위, 테러를 목표로 한 것이었다. 시위나 테러 활동은 주로 시가전의 형태를 띠었다. 주 타깃이 정부청사나 발전소, 공장, 방위시설, 호흡중추, 시민 공원, 교통 통제 시스템 등등이기 때문이었다. 급습하곤 사라지는, 아주 단순하면서도 효과적인 전략이 시의 방위 체계를 나날이 바보로 만들고 있었다. 그래서 시는, 새 방위 체계를 짜면서 추격선 프로젝트를 기획했던 것이다. 타깃을 치고 빠져 달아나는 범죄자들이 미처 종적을 감추기 전에 따라잡을 수 있게끔, 시 방위군의 추격 체계를 선형화(線形化)하는 프로젝트였다.

시 전체에 일종의 그물망을 깔아놓자는 얘기였다. 방금 정부 청사에 미사일을 날린 호버 탱크가 빠져 달아날 수 있는 모든 가능한 탈주선을 계산한 후에, 역으로 그에 따른 추격선을 시 전체에 깔아놓는 프로젝트였다.

비선형 수학이 원용되었다. 추격선 설계자들은 건물과 건물 사이로 난, 눈에 잘 띄지도 않는 골목길들까지 계산에 넣었다. 시 지하의 하수도망, 모든 건물 옥상의 지형적 수치, 시간대별 교통량, 유동 인구수에 이르기까지 변수란 변수는 가능한 한 모두 예측되었다. 그리고 그 데이터는 언제든 수정 가능한 형태로 짜였고, 방대한 작업 끝에 추격선이 추출되었다. 그리고 그 결과가, 시의 전역에 스캔되었다. 드리워졌다.

당시에는 탈주선이라는 개념조차 없었다. 그래서 미사일 한 방 날린 다음 내키는 대로 도망쳤고, 몇 킬로미터 못 가 뒤쫓아온 추격대에 잡히거나 죽임을 당하곤 했다. 추격선이라는 보이지 않는 그물에 걸린 것이다. 악명을 떨치던 각 시의 길드들이 거의 소탕되었을 때에야, 시위 집단들은 예전의 방식은 통하지 않는다는 사실을 깨달았다. 무언가 새로운 것이 필요하다는 것을 깨달았다. 추격선을 따돌릴 수 있는 또 다른 선, 얽히고설킨 추격선들 사이에 난 빈틈, 알려지지 않은 숨은 틈, 죽지 않고 살아 달아날 수 있는 숨은 선의 데이터, 이름을 붙이자면 탈주선의 데이터가 필요하다는 것을 깨달았다. 무엇보다 빠르고 정확한 탈주선의 데이터 한 장이 소중하다는 사실을 깨달았다. 지금 모비가 찾아다니고 있는 그것 말이다.

택시 운전사 늣터의 얘기는, 바로 그 삼십 년 전의 추격선 프로젝트가 지금 코스모그라드에서 해적판 지도를 찍어내고 있는 질이라는 사람에 의해 짜였다는 것이었다. 질이 그것을 짰다는 것이었다. 그걸 짰던 위대한, 위험한 설계자들 중 하나였다는 얘기였다. 그걸 어떻게 알았어? 내가 질의 콜택시 운전사였거든. 그래? 그 친구, 기술잔가? 글쎄. 그 이상이 아닐까. 운전사 늣터는 고개를 갸웃거렸다. 그런 복잡한 작업이 글쎄, 기술자 갖고 될까? 그럼 능력자?

"그저 소문일 뿐이야, 그런 얘기들. 믿거나 말거나 한 얘기들이지."

운전사 늣터는 시동을 걸며, 한마디 덧붙였다.

"어쩌면 초월자 계급일 수도 있어, 모비. 왜? 좀이 쑤셔?"

그는 다시 한 번 코스모그라드에 도전해보기로 했다. '질의 지도 제작소'를 찾아가보기로 했다. 운이 좋다면 탈주선뿐 아니라, 뭔가 다른 보너스도 얻을 수 있을 것이었다. 초월자 계급의 신경이 어떤지, 얼마큼의 수준인지 한번 시험해볼 수 있을 것이었다. 질이, 초월자라면……. 그는 소리 나게 입술을 빨았다.

*

보름이나 지난 일이지만, 메꽃은 그 찜찜한 기분을 벗어버릴 수가 없었다. 벵갈식 식당에서 구한 '버전 2.0' 말이다. 투약 후 싱과 그녀는 한나절 내내 정신을 잃고 있었다. 그리고 깨어나서도 입가로 침을 흘리며 어기적어기적 기어 다녔다. 한번 풀어진 신경이 제 기능을 찾기까지 도대체 얼마나 긴 시간이 필요한 걸까. 싱은 그녀를 탓하며 그게 유통기한이 지난 약이 아니냐며 고래고래 소리를 질러댔다. 싱도 그녀도 능력자였다. 능력자의 신경을 이렇게 만들 정도면 그것의 독성은 또 얼마나 강했던 걸까.

촙과 TT는 그 둘을 한껏 비웃어줬다. 데이터를 얻지 못해 우왕좌왕하는 자기들보다 나을 게 없다는 얘기였다. 촙과 TT는 수색팀의 나머지 둘이었다. 촙은 정보검색이 특기인 기술자였고, TT는 그를 지원해주는 경호원 역할의 능력자였다. 한편 싱은 안전 가옥 방어와 에어 독과의 연락을 맡고 있었다. 싱, 촙과 TT는 물론 기술자고 능력자이지만, 결국 싸구려였다. 싸구려가 아니라면 뭣 때문에 왜 길드에서 일하겠는가, 정부 기관이나 기업에 들어가 연봉을 받으며 평범하고 풍족하며 안전한 삶을 살지. 그리고 그건 그녀도 그랬다. 아니, 그런가?

그녀와 싱이 약의 후유증에 시달리는 동안 촙과 TT는 그래도 성과라고 할 만한 것을 좀 얻어 왔다. 호흡중추의 제대로 된 타격점 데이터를 확보할 수 있는 소스를 찾아냈다는 보고였다. 어쨌거나 타격점 데이터만 제대로 된 걸 얻을 수 있다면, 수색팀 목적의 오십 퍼센트는 달성한 것이 된다.

"어디서 주겠대?"

"청소 용역 업체야. 한동안 호흡 구체 청소 용역을 맡기도 하고 그랬나 봐."

"그럼, 탈주선 데이터는?"

"욕심이 많으면 다친다."

수색팀은 당장 오늘 밤 그 정보원을 찾아가기로 했다. 싱만만약을 위해 안전 가옥에 남기로 했다. 저녁을 먹은 후 그녀와 츕, TT는 거실 바닥에 휴대용 무기를 늘어놓곤 점검을 했다. 그녀는 모비의 밀스 개조 권총처럼, 간단히 소매 속에 감출 수 있는 권총을 하나 훔쳤다. '너구리 불알'이라는 이름의 작고 귀엽고 살상력 강한 암살용 권총이었다. 사람을 뒤로 날리지 않고도 심장이나 이마에 구멍을 낼 수 있을 만치 탄환의 속도가 빠르고 정확하게 조절돼 있었다.

"그래, 청소 좀 해야겠더라."

그녀는 NW05 호흡 구체 내부를 떠올리며 중얼거렸다. 그 싯누런 켈로이드 형상의 거대한 더께들……. 츕은, 아직 확인은 해보지 않았지만 기대해도 좋지 않을까, 하고 그녀에게 말했다. 청소 용역 업체의 사장이 시 정부 기관에서 일했던 사람이라는 것이었다.

"언제? 어느 기관?"

"AD 1년에. 샘 샌드 듄의 디자이너였대."

와우, 하는 감탄이 흘러나왔다. 그녀는 꼭 정보 확보가 목적이 아니더라도, 한번 만나보고 싶다는 생각이 문득 들었다. 가상 차원 사막의 디자이너라니. 만나서 뺨이라도 두들겨주고 싶어졌다. 촙은, 그 디자이너가 은퇴해서 차린 게 청소 용역 업체라고 했다. 원년 디자이너라는 인연으로 호흡 구체 청소 오더를 따냈을 것이고, 그리고 아마도 은퇴할 때 호흡중추에 대한 데이터를 몰래 갖고 나온 모양이라고 했다. 그런 일은 상식적으로 이해할 만했다. 시 정부에게는 호흡중추가 극비일 테지만, 디자이너에게는 일생의 아끼는 작품일 테니.

"협상은 했어? 얼마 달래?"

"구천팔백 크레딧."

물론 그녀도 촙도 TT도 그만한 돈은 갖고 있지 않았다. 에어 독의 계좌를 통째로 털어도 그만한 크레딧은 구할 수 없을 것이었다. 서로 얘기는 하지 않았지만, 다들 아무거라도 지불할 생각은 없었다. 아무것도 지불하지 않고도 상대를 입 다물게 하는 방법을 다들 잘 알고 있었다. 그깟 구시대 늙다리쯤이야. 그녀는 갑자기 촙과 TT가 대견스러워 보였다. 값을 속여 에어 독으로부터 용돈을 뜯어내려 하지 않았다는 그 자체가.

메꽃과 수색팀은 램더 섹터로 갔다. 빨리 간다고 갔는데 도착해보니 자정 가까운 시간이었다. 춉은 일행을, 이미 얘기한 청소 용역 업체의 사장 집으로 데려갔다. 호젓한 도로변의 규모 큰 개인 저택이었다. 언뜻 보기에 비행 유닛의 착륙장이며 경비 초소까지 갖추고 있는 듯했다. 이런 사람이 뭐가 아쉬워서…… 하는 생각이 그녀의 머릿속을 스쳤다. 그녀는 이곳을 잘 알지 못했다. 램더 섹터의 어느 구역인지 알 수 없었다. 램더 섹터 자체가 그녀에겐 몇 번 와보지 않은, 낯선 곳이었다. 접니다. 춉이 정문에 바싹 붙어 서선 소리를 질렀다.

간단한 보호 장갑을 걸친 두 명의 경호원이 그녀의 일행을 안내했다. 정문부터 몇 차례나 검색대를 지나쳤지만 경보음이 울려도 경호원들은 그냥 내버려두었다. 그녀의 일행은 저택의, 희뿌연 조명이 켜진 회랑을 돌고 돌아 한 귀퉁이에 깊숙이 처박힌 서재로 안내되었다.

저택의 주인을 보았을 때 그녀는 낭패했다는 생각부터 했다. 웬만해선 씨도 먹히지 않을 것 같았다. 그녀가 기대했던 희끗희끗한 두발에 순하게 늙은 책상물림의 인상이 아니었다. 서재 마루에 놓인 화려한 목제 흔들의자엔 겨우 그녀 또래의 젊은이가 앉아 있었다. 천식 기운이 있는 늙은이가 아니라. 그건 이식 인간이었다.

"질입니다."

쵭이 당황한 기색을 감추지 못하고 떨리는 목소리로 그녀와 TT를 소개했다. 질, 이라고 자신을 소개한 젊은이는 메꽃이라고요? 하고 짐짓 감탄하는 빛을 내보였다. 이름이 절묘하게 성적이라는 것이었다. TT도 당혹스러워하고 있었다. 덩치에 어울리지 않게 순진한 TT는 이식 인간을 처음 보았을 게다. 그녀는 이식 인간의 뒤통수로부터 길게 뻗어 오른 송수신 안테나를 흘겨보며 한숨을 쉬었다.

"어느 길드 소속입니까? 실례되는 질문인가요?"

"아, 그건 실례죠."

하지만 벌써 알고 있다는 듯한 표정이었다. 이만한 저택에 이식 인간을 사용할 수준의 작자라면 그 정도 뒷조사할 능력쯤은 충분히 보유하고 있을 것이었다.

"지금은 밤늦은 시간입니다. 내 육체가 좀 자야 될 것 같아요."

이식 인간이 피곤이 묻어나는 잠긴 목소리로 말했다. 오늘,

핀천을 읽었거든요. 이식 인간은 흔들의자 옆 수레에서 골드 표지의 두꺼운 종이책을 꺼내 흔들어 보였다. 이식 인간에 대한 애기는 그녀도 가끔 듣고 있었다. 언젠가 본 적도 있었다. 램더 섹터에선 이식 인간이 합법인가 보군, 하고 그녀는 생각했다. 이식 인간 기술은 아직 제한적으로만 합법이었다. 에어 독이 있는 누우 섹터나 자이 섹터, 의식 수준이 비교적 높은 엡설란 섹터조차 이식 인간 기술을 인정하지 않고 있었다. 합법인 섹터에서도, 수요는 적었다. 비용이 굉장한 데다 기술 자체가 안정적이지 못하기 때문이다. 토머스 핀천의 종이책을 좀 읽었다고 육체를 재워야 한다는 것만 보아도 알 수 있다.

이식용 인간의 원래 뇌와 사용자의 뇌가 서로 충돌하는 탓이다. 이식용 인간의 원래 뇌는 자율신경 쪽만 깨어 있는 채로 마취 상태이고, 사용자의 뇌는 이 저택 어딘가에 있을 생명 유지 장치 속에 꼭지까지 잠겨 있을 것이었다. 충돌하면, 미친다. 보내는 쪽이나 받는 쪽이나 다.

"이런, 죽지 않는 인간을 만났군요."

그녀가 짜증을 감추지 못하고 새된 목소리로 말했다. 이식 인간의 뺨이 짧게 일그러졌다. 표정은 이식 인간에게도 있었다.

다만 근육의 움직임이 섬세하지 못해서, 마주 보고 있으면 기괴한 기분이 든다. 그녀는 불안해졌다. 일이 꼬인다 해도, 지금 상황으론 질에게 어떤 영향력도 행사할 수 없다. 기껏해야 꼭두각시 신체 하나를 없앨 수 있을 뿐이다. 질의 뇌는 어디 있을까.

"그렇진 않아. 신경 에뮬레이터가 여전히 불안해."

이식 인간도 짜증을 냈다. 송수신 안테나가 순간 움찔, 했다. 저 꼭두각시 젊은이의 뒤통수를 쪼개면 무엇이 나올까. 하긴 죽지 않는 게 아니라, 연장할 뿐이다. 언제 뇌끼리 충돌할지 모르고, 과부하가 걸려 신경이 터져버릴 수도 있고, 사용자의 뇌를 담고 있는 생명 유지 장치가 차게 식어버릴지도 모른다. 게다가 아무리 전해질 용액의 질이 좋더라도 사용자의 그 발가벗은 뇌는 녹게 마련이었다. 희퍼렇게 삭아가게 마련이었다. 오 년쯤 육 년쯤 삭지 않고 견디면 잘 견딘 것이다. 그다음은? 질펀한 푸딩처럼 된다.

"사람들은 죽어야 할 때 죽길 원해. 그렇지 않아, 메꽃 양?"

이식 인간 수요자가 적은 진짜 이유는 그것인지도 모른다. 사람들은 죽을 때가 돼서, 그냥 편히 죽는 쪽을 택하는 것이다. 그녀도 그렇고. 생명을 오륙 년 더 연장하는 기술에 사람들은 의외로 무관심했다. 이식 인간에 대해 그녀와 질은 몇 마디 더 나누었다. 이 젊은이의 이름은 창아였는데 가격이, 웬만한 대형 상가를 통째로 사들일 만한 수준이었다. 노동자의 목숨값치고 는 좀 비싸네요. 그녀는 혀를 내둘렀다. 조금씩 장기를 잘라 내 다 파느니, 한꺼번에 팔아치우는 것이 더 낫겠다는 얘기도 했 다. 어차피 더 살 이유가 없다면.

"메꽃 양은 더 살 이유가 있나?"

그녀는 겨우겨우 고개를 끄덕였다. 살 이유가 있나? 지금 당 장은 그렇다.

"그럼요. 그래서 이렇게 질, 당신을 찾아왔잖아요."

"아, 그렇군."

*

코스모그라드 사십오 층은 그러니까 '정화된 장소'였다. 질, 이란 작자가 거물임이 틀림없다는 확신이 들었다. 자이 섹터, 올드 마켓, 코스모그라드 구역에 이런 정갈한 자리를 차지하고 앉아 있다는 것 자체가 그 증거였다. 모비는 엘리베이터에서 내려 진모(眞毛) 카펫이 깔린 복도를 천천히 걸었다. 헤드쿼터스 섹터에나 있을 것 같은 정상적인 외양의 병원, 회원제 클럽 바, 자연식품을 취급하는 식료품점, 소나소닉 가전 대리점, 생고기를 잘라 파는 진짜 푸줏간 등등이 복도 양편에 늘어서 있었다. 점잖은 복장의 쇼핑객들이 그 기이하리만치 깔끔한 상점들 새를 돌아다니고 있었다.

그가 알기로 사십 층부터 사십칠 층까지는, 자이 섹터 최대 규모의 매음굴이었다. 사십팔 층은 마약굴이었고, 사십구 층은 정체가 모호한 사설 입양 센터 소굴이었다. 오직 이 사십오 층에서만 아무런 범죄의 냄새도 느껴지지 않는다. 범죄의 응축된 힘이 스스로를 자정한 것이다. '정화된 장소'란 그런 곳이다. 소용돌이치는 태풍의 한가운데처럼, 더없이 푸른 곳. 더없이 맑고 고요한 곳. 코스모그라드의 실력자나 부유층만 이용하는 곳, 태풍의 소용돌이에 의해 보호받는 곳. 경찰의 힘으로부터 보호받는 곳. 정화되지 않았다면, 바닥에서건 천장에서건 허옇게 상한 체액이 배어 나오고 뚝뚝 스며 떨어질 것이었다. 그는 이백삼 호 '질의 지도 제작소' 앞에서 걸음을 멈췄다. 달 선생이 미리 연락해두겠다고 했다. 그러니 그가 불쑥 문을 열고 들어간다

고 해서 과잉 반응 하지는 않을 것이었다. 달 선생이 자기 말을
지켰다면 말이다.

언뜻 보기에 그곳은 진짜 지도 제작소 같았다. 시 전역의 디
지털 지도가 커다랗게 한쪽 벽 스크린에서 창백하게 빛을 발하
고 있었다. 확대 축소가 얼마든지 가능해서 어느 한곳을 자세히
보고 싶다면, 그저 펜으로 누르기만 하면 되었다. 도시의 변화
가 초 단위로 새롭게 수정 입력되고 있었다. 진짜 지도 제작소
인지도 몰라, 하고 모비는 생각했다. 서너 명의 기술자가 시스
템 바에 줄지어 앉아 작업하고 있었다. 맞아주는 사람은 아무도
없었다. 그는 머쓱해져선 사무실을 길게 가로질러 저 끝의 소장
실로 갔다.

넓직한 회의용 테이블이 있었다. 그는 테이블 모퉁이에 앉아
선 치프 질, 이라 쓰인 명패가 놓인 책상을 바라봤다. 생각보다
젊어 보였다. 머리카락도 검었고 윤기가 흘렀다. 그는 미용 수
술을 했겠거니, 했다. 간단하게 인사가 오갔다.

"달, 그 자식이 입이 싸."

질, 이라고 자신을 소개한 사내가 말했다. 목소리가 카랑카

랑했다. 성대도 바꿨나, 하는 생각이 들었다. 이 시에선 대개, 마흔만 넘어가면 성대가 망가진다. 호흡 구체의 거대 팬이 쉴 새 없이 지칠 줄 모르고 돌아가고 있는데도 그렇다.

"도대체가 겁이 없어. 난 예순 먹도록 정부에 대항해보겠다는 생각은 통 해본 적이 없었어. 젊은 친구가 왜 그래? 그거, 허무주읜가? 요즘 젊은 치들은 너무 빨리 살아. 내 사업은 그저 세상에 널린 사소한 잘못들일 뿐이야. 정부 사업과는 아무 상관도 없는……."

"내가 찌르기라도 하면 어쩌려고 그래?"

"그럴 분이라면 달 선생께서 애초에 소개해주지도 않으셨겠죠."

그는 빙그레 웃어 보였다. 무기상 곳통이나 달 선생, 그리고 이 질이라는 작자는 그를 찌르지 못한다. 구십 퍼센트 믿어도 좋다. 이런 범죄자들은 상대가 자기 이익 영역만 침범하지 않으면 절대로 건드리지 않는다. 동업자 의식이랄까. 그들의 사업과 무관한 용병이 직업인 모비는, 그들에게 경계심을 일으키지 않는다. 게다가 그는 거칠기로 이름이 났다. 오히려 조심해야 할 놈들은, 택시 운전사 늣터 같은 모호한 부류다. 돈과 세금 감면을 위해서라면 세 살배기 어린애도 경찰에 찔러넣는다.

그래서 구십 퍼센트 안심하고 도움을 청할 수 있는 것이다. 대신, 이번엔 내가 도와줬으니 언젠가 너도 나를 도와줘야 할 거라는 무언의 거래가 오간다. 능력자 용병은 쓸모가 많다. 특히 올드 마켓에서는. 곳통도 달 선생도 질도 그에게 신세 갚길 요구할 것이다.

"그걸 깨면 우리 모두 다 죽어. 그건 이 시의 폐야."

"말 그대로, 호흡중추. 정말 그럴까요."

그의 말에 질은 잠시 입을 다물었다.

"좋아."

질은 책상 위의 담뱃갑을 열더니 거기서 뭔가 꺼냈다. 손가락만 한 크기의 메모리 스틱이었다. 질은 그걸 얼굴 높이로 들어 올렸다. 그러곤 말했다, 달이 벌써 얘기해줬겠지만⋯⋯.

"너는, 호흡중추를 깨봤자 아무것도 찾을 수 없을 거야."

"아."

그는 눈을 크게 떴다. 실내조명을 받아 메모리 스틱이 파랗게 빛을 냈다. 달 선생이 말했다. 달 선생의 간호사도. 그걸 깨봤자 모비, 네가 원하는 것은 얻지 못할 거라고. 그걸 깨봤자 세상의 무엇도 달라지지 않을 거라고. 가짜인 걸 모르냐고.

"호흡중추는 그러니까, 가짭니까?"

질은 풋, 웃어 보였다. 꼭 그렇다는 건 아냐, 하고 속삭이듯 말했다.

"네 온 신경을 아주 활짝 열어놓고 봐. 그러면 너는, 거기서 무언가, 진짜를 찾아내게 될 테니까."

무언가 진짜? 가보면 알아. 그는 몇 걸음 다가가 손을 뻗었다. 그는 메모리 스틱을 받아 쥐었다. 쉿내가 물큰, 하고 코를 찔렀다. 역시 미용 수술을 받은 몸이다. 아니면 달 선생의 워크숍에서 신체 리모델링을 했거나. 초월자인지는 알 수 없었다. 초월자를 본 적이 없으니 질의 겉모양만 보곤 아무 분간도 할 수가 없었다.

"네게 그 스틱을 사용할 기회가 주어질까?"

무사히 탈주선을 탈 수 있을까? 질이 책상을 또닥거리며 덧붙였다. 그걸 가져도 어차피 너는 사용하지 못할 테니까 주는 거야. 네게도 내게도 그건 쓸모없는 물건이야. 그는 메모리 스틱을 안주머니 보호 팩에 넣었다.

"정말요? 그럴 만하니까 그러는 거겠죠."

질은 쪽지에 누군가의 이름을 적어 주었다. 그도 들어본 이름이었다. 그가 놀란 눈으로 고개를 들자, 질은 말없이 굳은 표정만 지어 보였다. 대가를 치르라는 뜻이었다. 쪽지에 적힌 그 누군가를 죽여달라는 주문이었다. 그는 탈주선 데이터가, 이만한 유명 인사의 목숨과 맞바꿀 가치가 과연 있는지 얼른 판단이 서지 않았다. 이만한 목숨이면 제거 가격은 만 크레딧은 넘는다. 아무래도 합리적인 가격은 아니다. 질은 카랑카랑한 목소리로 덧붙였다, 너는 어차피 호흡중추에서 돌아오지 못할 테니 떠나기 전에 해결해놓으라고.

그는 알았다고 했다. 이 정도 일은 하룻저녁이면 끝이 날 거라고, MC 구역의 모비는 한번 거래한 것은 틀림없이 완성시킨다고 했다. 이번 주나 다음 주의 어느 날이 될 거라고 했다. 올드 마켓식 대화법이었다.

"네 온 신경을 활짝 열어놓아, 가능한 한 활짝!"

소장실을 나서는 그의 등 뒤에서 질이 지껄였다. 기분이 꺼림칙했다. 마음 한 귀퉁이가, 쇠 추를 매달아놓은 것처럼 묵직했다. 호흡중추 설계도나 타격점 데이터를 아직 얻지 못해서 그런 것이 아니었다. 동료 없는 단독 행동이니, 다른 사람의 생명을 책임질 일은 없었다. 그러니 시간을 아끼기 위한 타격점 데이터 따윈 없어도 된다. 그냥 깨질 때까지, 마냥 포를 날리고 있으면 되는 것이니. 탈주선을 타지 못할 거라고? 마음에 걸리는 것은 달과 질의 얘기였다.

"타지 못한다 하더라도 그건, 그럴 만하니까 그러는 걸 거야."

코스모그라드 구역을 나와 장거리 순환 버스 정류장에 섰을 때, 기습이 있었다. 저녁 여섯 시쯤이었고, 한창 붐비는 때였다. 대기 승객들 틈을 비집고 뭔가 거대한 것이 모비를 덮쳤다. 삼백 파운드는 됨직한 비곗덩이였다. 출렁이는 두 젖가슴이 그를 꽉 조여왔다. 그는 바닥을 뒹굴며 생각했다, 오늘은 워크숍이 문을 일찍 닫았나 봐.

'달 선생의 디자인 워크숍'의 간호사였다. 복장도 간호사 복장 그대로였다. 모비는 그 자신의 오른쪽 어깨를 탈구시켰다. 그러곤 비틀어 너클 단검을 꺼내 왼손에 끼웠다. 그도 간호사도, 아무 소리도 내지 않았다. 간호사의 두꺼운 목덜미에서 피가 쏟아져 나왔다. 피는 그의 전신을 적시고 정류소 바닥으로

부글거리며 넓게 퍼져나갔다.

"이런, 약속 하나는 착실히 지키는 친구군."

코스모그라드뿐만 아니라 이 시 어디나, 이 세상 어디나 이런 친구는 흔했다. 타인의 손을 빌려 자살을 하는 겁쟁이들, 제 손으로 제 목을 딸 용기조차 없는 패역자들, 하루라도 빨리 죽지 못해 안달이 난 올드 마켓의 중독자들······. 나도 물론 중독자지. 빠르고 단순한 비트의 삶에 중독된. 초고속의 삶에 중독된······ 초고속 바흐처럼 말이야. 그는 스윽, 이마의 피를 문질러 닦곤 재빨리 버스에 올라탔다. 샘 샌드 듄에서 NW05 호흡 구체를 깬 지 꼭 한 달 만의 일이었다. 탈주선 데이터 하나를 얻는 데 한 달이나 걸린 것이다.

*

춉과 이식 인간은 메모리 스틱을 교환했다. 춉이 건네준 것은 구천팔백 크레딧이 든 중앙은행의 임시 계좌였고, 이식 인간이 건네준 것은 호흡중추의 핵심 데이터였다.

"트리거 포인트 데이터는 들었죠?"

메꽃의 물음에 이식 인간이 피곤한 낯빛으로 고개를 끄덕였다. 춉은 전자 패드에 스틱을 꽂곤 검색을 하고 있었다. 타격점 데이터도 타격점 데이터지만 정작 확인해야 할 것은, 데이터가 작성된 날짜였다. 최소 육 개월 전의 것은 믿지 못한다. 시에서는 중요 시설들의 타격점을 부정기적으로 이리저리 옮겨놓곤 한다. 호흡중추도 예외는 아닐 것이다. 춉이 데이터를 검색하고 있는 동안 이식 인간도 계좌를 검색하고 있었다.

메모리 스틱에 나타난 계좌는 외관상 아무런 하자도 없을 것이었다. 춉은 이런 쪽의 장난질에 경험이 많다. 중앙은행의 계좌 관리 시스템을 해킹해선 가상의 임시 계좌를 심어놓는 것이다. 춉은 그것을 '틈을 벌려놓는다'라고 표현하곤 한다. 아까 이곳에 도착하기 직전 순환 버스 안에서 했던 그 작업이었다.

계좌 관리 시스템에 침입해선, 꼭 구천팔백 크레딧이 들어갈 만큼의 작은 구멍을 하나 뚫어놓는 것이다. 춉의 진짜 기술은 계좌 관리 시스템이 그 틈을, 시스템 작동 상의 오류라고 착각하게 하는 데 있었다. 대용량의 디지털신호를 처리하다 생긴 시스템 내부의 일시적 흠집, 자연적 손상, 늘상 있는 까진 자리라고 믿게 하는 데 있었다. 범죄자들의 가짜 계좌가 아니라.

이제 곧 자가 치료 프로그램이 그리로 보내질 것이었다. 아니 어쩌면 벌써 보낸 것인지도 몰랐다. 츕의 이마가 땀에 젖어 있는 것이 보였다. 자가 치료 프로그램이 도착해도 가짜 계좌는 발각되지 않겠지만, 시스템에 뚫어놓은 틈이 도로 아물어지는 대로 눈 깜짝할 새에 계좌도 사라지게 될 것이었다. 그러면 이식 인간 손에 있는 메모리 스틱은 텅 비게 되고, 질의 뇌는 츕의 장난질을 눈치채게 될 것이다. 그녀가 바라 마지않는 것은 츕이 벌려놓은 틈이 그저 잠시, 그녀들이 이 저택에 머물고 있는 동안만 자가 치료 프로그램에 발각되지 않았으면 하는 것이다.

"오케이."

츕과 이식 인간, 둘의 입에서 거의 동시에 오케이 신호가 나왔다. 스틱에 담긴 내용에 만족한다는 뜻이었다.

"호흡중추 설계도야. 내부와 외부 타격점이 다 있어. 이 정도 데이터면 시간을 삼 분쯤 절약할 수 있다."

츕의 말에 그녀는 나지막이 환호를 불렀다. 삼 분 정도면, 에어 독의 동료 서너 명의 목숨은 더 건질 수 있다는 계산이 나온다. 탈주선 데이터는 비록 얻지 못했지만 이 정도면 큰 성과다. 츕은 그녀를 돌아보며 너 정도의 탱커면 충분히 뚫고 빠져나올 수 있겠어, 하고 밝은 목소리로 말했다.

그때, 이식 인간의 눈동자가 그녀들 등 뒤로 향하는 것이 보였다. 그녀는 본능적으로 고개를 떨궈 자기 발밑의 그림자를 봤다. 무언가 또 다른, 커다랗고 희미한 것이 그녀의 그림자를 덮치고 있었다. 그녀는 허리를 굽히곤 몸을 옆으로 굴렸다. TT가 공중 높이 들어 올려지는 것이 얼핏 보였다. 경호원들이었다. 좀 전까지만 해도 경보음이 울리든 말든 몸수색조차 하지 않던 놈들이었다.

그녀를 덮치려던 경호원은, 이제 츱을 향해 몸을 날리고 있었다. 그녀는 소매를 흔들어 총을 뽑아 손에 쥐었다. TT는 벌써, 서재 마룻바닥에 거꾸로 처박혀 있었다. 얼마나 당황했던지 그녀는 마룻바닥이 깨지는 소리도 듣지 못했다. 그녀는 서재 문쪽을 향해 계속 구르면서 총알을 날렸다. 두 발이 정확히 뒤통수에 맞았지만 경호원은 꿈쩍도 하지 않았다. 이런 제길, 하는 소리가 절로 나왔다. 능력자 TT를 저렇게 만들고 총알에도 뒤통수가 깨지지 않는다면 그건 보통 사람이 아니라는 얘기였다. 경호원 업무를 위해 신체 리모델링 과정을 거쳤다는 얘기였다. 원래의 피부를 몽땅 벗겨내고 방탄이 가능한 실크 스틸 인조 피부를 이식했다는 얘기였다. 그녀는 구르기를 멈추고 똑바로 일어섰다. 그녀를 뒤쫓던 경호원도 그녀의 갑작스러운 행동에 문득 걸음을 멈췄다.

"그래 어디, 눈에도 장갑을 씌웠는지 보자."

그녀는 몇 걸음 곧장 걸어가 경호원의 왼눈에 총알을 박아 넣었다. 폭음과 함께 퍽, 소리가 들렸다. 뇌를 관통한 총알이 경호원의 두개골 뒤쪽을 깨는 소리였다. 그녀는 쓰러진 경호원을 타고 넘어, 촙을 쥐고 흔들고 있는 다른 경호원을 향했다. 이제서야 눈치챘는지 경호원은 촙을 내려놓곤 긴장한 얼굴로 품에서 총을 빼 들었다. 저격도 가능한 자동소총이었다. 그녀는 빠르게 다가가 왼 팔목으로 소총의 총구를 쳐내곤, 좀 전과 똑같이 경호원의 왼눈에 총알을 박아 넣었다.

"아무리 리모델링했다지만 너희는, 능력자의 속도를 따라오지 못해."

그녀는 침을 뱉곤 다시 이식 인간에게 다가갔다. 이식 인간은 바닥에 주저앉아 뻣뻣하게 굳은 얼굴로 촙의 주머니를 뒤지고 있었다. 메모리 스틱을 찾는 것이었다. 그녀는 한 발을 들어 이식 인간을 차냈다. 촙은 죽어 있었다. 그녀는 촙의 팬티에 손을 집어넣어 메모리 스틱을 꺼냈다. 거기가 변태 취향 춈의 비밀 주머니였다.

"그 자식 메모리 스틱엔 아무 계좌도 없었어!"

이식 인간이 피투성이 입으로 사납게 지껄였다. 이 꼭두각시 육체쯤은 죽이든 말든 상관없다는 투였다. 메꽃은 애써 숨을 가라앉히며 고개를 끄덕였다. 역시 자가 치료 프로그램이 다녀갔군, 그새를 못 참아주고. 겨우 두어 시간 동안이었는데. 춈의 방식도 이젠 예전 것이 됐다. 쓸모없게 됐다.

"불쌍한 춈."

그녀는 총구를 이식 인간의 심장 쪽에 바싹 갖다 붙였다. 자기 뇌를 거의 사용하지 않는 이식 인간을 죽이려면, 머리가 아닌 심장에 구멍을 내어야 한다. 이식 인간은 그녀를 똑바로 올려다보며 빠르게 중얼거렸다.

"메꽃, 넌 순수한 육체로구나!"

그녀는 얼떨결에 방아쇠에서 손가락을 뗐다. 이식 인간의 두 눈이 환희에 물들고 있었다. 환희에 달뜨고 있었다. 뭐가 좋다는 것일까, 이 자식. 그녀는 이 환희의 눈빛이 이식 인간의 뇌에

서 나온 것인지, 아니면 질의 뇌에서 나온 것인지 얼른 판단이
서지 않았다. 이식 인간의 뇌에서 나온 것이라면, 그건 죽여줘
서 고맙다는 뜻일 게다.

"메꽃, 넌 정말 순수한 육체야!"

그녀는 방아쇠를 당겼다. 심장에 한 발, 감탄을 내뱉느라 이
상하게 일그러진 턱에 한 발. 송수신 안테나는 아마 턱 뒤편에
끼워져 있을 것이었다. 그리고 그녀는 TT가 만일을 위해 가져
온 폭탄의 타이머를 맞춰놓곤 질의 저택을 빠져나왔다. 택시를
불러 세워 올라타고 얼마쯤 갔을까, 등 뒤쪽에서 굉음과 함께
화염이 치솟았다. 택시의 차체가 잠깐 요동쳤다. 동료를 잃었지
만 타격점 데이터는 얻었다. NW05 호흡 구체를 깬 지 꼭 한 달
만의 일이었다. 모든 게 다, 이렇게 어렵다. 그녀는 모비를 찾아
봐야겠다고 생각했다.

초월의 나무

데이터에도 사용 기한이란 게 있어, 시간이 지나면 부패해 쓸모가 없게 된다. 탈주선이 그랬다. 데이터상으론 훤히 뚫려 있는 탈주선이 막상 가보면 시 방위군의 주간 훈련장이 되어 있을 수 있었다. 늑장을 부리다간 오히려, 오류가 생긴 탈주선 데이터에 발목을 잡힐 수가 있다. 그래서 그는, 데이터를 손에 넣은 지 닷새 만에 준비를 끝냈다. 옥상 창고를 빌리고 호버 탱크를 훔쳐 전투용 장갑으로 개조하고 퓨전 디스럽터 건과 산탄 플라스마 미사일을 달았다. 구 밀리 디스럽터 건은 시설물 파괴용이고 Mk.0.5(t) 산탄 미사일은 비행 유닛 격추용이었다. 탄약은 그가 계산한 적정량에 좀 모자라게 실었다. 가볍게. 단독 행동엔 무장보다는 속도가 중요했다. 얼마나 빨리 치고 빠지는가가 중요했다. 살상에 효과적인 개틀링 자동 건은 신지도 않았다. 사람을 쏴 죽일 여유가 있으면 그 시간에 다만 몇 미터라도 더 도망가야 한다. 그는 또, 쥐구멍을 말끔히 청소하고 시냅스 강화제 앰플을 몇 개 얻고 사천식 식당에 가서 잉어 요리를 먹었다. 그는 자이 섹터 올드 마켓으로 돌아오지 않을 것이다. 일이 끝나면 다른 섹터에 또 다른 쥐구멍을 팔 것이다. 안녕, 올드 마켓.

"니들은 이제, 정말 클린한 게 뭔지 알게 될 거야."

그는 생선 살을 씹으며 흥에 겨워 중얼거렸다. 이 모비의 솜씨가 얼마나 깔끔한지 알게 될 거야. 이럴 때면 정말, 이런 일이 취미 생활 따위가 아닐까 하는 생각이 든다. 행동 개시는 모레 밤이었다. 그리고 그 전에, 그는 질과의 거래를 완성해야 했다. 어텀 그로브 구역에 그의 할 일이 아직 남아 있었다.

"오케이 사인이 떨어진 것 같은데 우리한테 합류하는 게 어때요?"

"이런 젠장."

욕이 먼저 나왔다. 이 옥상 창고를 이 여자가 어떻게 알았을까. 식당에서 돌아와보니 에어 독의 메꽃이 호버 탱크 해치에 엉덩이를 걸치고 앉아 있었다. 모비는 어서 거기서 내려오라고 손사래를 했다.

메꽃은 그를 에어 독으로 데려가려고 왔다고 했다. 길드 전체 회의를 거친 사항이라고 했다. 저번처럼 낮잠 자다가 불시에 샘 샌드 듄에 버려지는 일은 없을 거라고 했다. 자기가 보장한다고 했다. 길드도 준비를 끝냈다고 했다. 행동 개시 신호만 떨어지길 기다리고 있다고 했다. 다들 사기가 올라서, 총알을 입에 물고 으르렁거리고 있다고 했다.

"거짓말."

그는 간단히 메꽃의 말을 잘라먹었다. 에어 독의 얼간이들이 그럴 리 없었다. 으르렁거리기는커녕, 시위할 걱정에 바지에 오줌을 지리고 있을 것이었다. 술과 약이 없으면 한 발짝도 움직이지 못할 자식들. 회의를 거쳤다고? 그것도 뻔했다. 싸울 것인가 말 것인가 하는 하나 마나 한 얘기로 열 시간쯤 노닥거리다가 단체로 사우나나 하러 갔을 것이었다. 길드에서 그가 인정할 수 있는 유일한 실력파는 메꽃이었다. NW05 호흡 구체를 치면서 확인했지만, 메꽃은 쓸 만한 탱커다. 그 외 나머지는, 글쎄.

메꽃은 그렇지 않다고 했다. 겉보기엔 오합지졸에 콩가루 부대지만 일단 일이 닥치면 제 능력을 다 발휘할 것이라고 했다. 길드의 대장만 하더라도 도시간 대항전에서 훈장까지 탄, 유격 부대 지휘관이 아니었느냐고 했다. 다만 너무 오랫동안, 규율 없이 풀어진 거리 생활을 하다 보니 그리된 것일 뿐이라고 했다. 하긴 그럴 수도 있었다. 하지만 그는 안 된다고, 고개를 저었다. 메꽃은 그렇담, 우리에겐 호흡중추의 핵심 데이터가 있다고 했다.

"호오! 그래서 이렇게 서두르는 거구나."

그는 메꽃의 눈을 바라보았다. 슬픈 빛이 드리워져 있었다. 메꽃도 확실히 두려워하고 있다. 어디서 구했어? 램더 섹터. 그는 행동 개시일은 언제냐고 물었다. 메꽃은 함께할 게 아니라면 가르쳐줄 수 없다고 했다.

그는 그렇다면 내가 미뤄야 하는가, 하고 생각했다. 길드론 돌아가기 싫다. 함께 싸우기도 싫다. 따라와봐. 그는 메꽃을 호버 탱크의 조종간으로 데려갔다. 그러곤 코스모그라드 구역의 질에게서 받은 메모리 스틱을 꺼냈다. 그리고 나서, 데이터를 탱크의 위치 측정 시스템에 복사하곤 스틱을 넘겨주었다. 그게 결국 이렇게 쓰이는구나. 이게 뭔데? 탈주선 데이터. 그러곤 메꽃에게 이제 그만 가보라고 했다. 메꽃은 어리둥절해했다.

길드는 실패할 것이었다. 에어 독은 격추될 것이었다. 호흡 중추를 비롯한 시 정부 시설물들은 줄곧 시위 집단들의 목표가 되어왔다. 호흡중추에는 특히, 환경원리주의자들과 반달리즘 중독자들이 폭탄을 짊어지고 뛰어들곤 했다. 하지만 그는, 그에 대한 성공담을 단 한 번도 들어본 적이 없었다. 이 시뿐 아니라 다른 모든 시의 경우에도 그랬다. 광역 부스터 미사일로 너 죽고 나 죽자는 식으로, 핵 시위를 한다면 모를까. 시 정부 시설물에 도전했던 이전의 길드들도 그들처럼, 어떻게든 타격점이니 탈주선이니 하는 데이터를 확보했었을 것이다. 그러고서 덤볐을 것이었다.

"이런 따위 데이터가 모든 걸 다 해결해주진 못해."

그는 쓸쓸한 목소리로 말했다. 그는 이미 새 계획을 짜고 있었다. 그는 기다리기로 했다. 메꽃의 길드가 실패했다는 소식을. 소식이 들려오면, 그 즉시 행동하기로 했다. 호흡중추 경비 시스템이 전열을 재정비하기 전에. 시스템의 손상을 복구하기 전에. 잠시 흐트러져 있을 그 순간을 이용하기로 했다. 그는 메꽃의 엉덩이를 툭, 쳤다.

"너희가 한다니 난 관둬야겠어. 서른 번째 생일은 살아서 챙겨 먹어야지."

"모비!"

메꽃은 잔뜩 실망해선 돌아갔다. 그는 호버 탱크의 조종간으로 들어가 팔베개를 하고 누웠다. 그러곤 옥상 창고가 쩡쩡 울리도록 '스코티시 체임버 오케스트라'의 지난 세기의 음악 파일을 틀었다. 글루크의 〈오르페오와 에우리디체〉였다. 메꽃이 선물로 두고 간 것이었다. 그는 일백 퍼센트 빠른 속도의 그 비극적 연애담을 들으며, 메꽃의 얼굴을 하얗게 지워버렸다.

*

선두는 하사가 섰다. 두 번째는 대장이었고, 맨 후미는 메꽃 그녀였다. 이 순서는 최후까지 지켜질 것이다. 그건 심심한 자리잖아! 하고 그녀가 항의하자 대장은 돌아올 때는 죽고 싶게 재미있을걸! 하고 끅끅 웃어 보였다. 시위를 마치고 탈주선을 탈 때는 거꾸로, 그녀가 가장 위험한 자리에 서게 될 거란 얘기였다. 동료들의 뒤통수가 깨지지 않도록 맨 뒤에 서서, 시 방위군 추격대의 공격을 따돌려야 할 거라는 얘기였다.

"대장이 날 사랑한다는 건 잘 알지만 쓸데없이 보호해주려고는 하지 마."

그녀는 화가 나서 소리를 높였다. 대장은 그녀의 반박을 무시했다. 그녀는, 대장의 그 말이 편대 작전상 맞는 얘기긴 하지만 뜻한 대로 실현될 가능성은 희박하다는 사실을 잘 알고 있었다. 시위가 끝났을 때, 그녀가 보호해주어야 할 동료들이 몇이나 남아 있을까. 몇이나 탈주선을 탈 때까지 견뎌줄까. 호흡 중추로 돌진할 일곱 대의 호버 탱크 중에, 나중에 몇 대나 무사히 살아남아 탈주선을 탈 수 있을까. 한 대? 두 대? 아니면 그저 그녀 자신의 몸만 겨우 지킬 수 있게 될지도 몰랐다…… 대장의 계산도 그녀와 같았을 것이다. 계산이 그렇게 나왔기에 시위 도중이라도 주저 없이 도망쳐 탈주선을 탈 수 있게끔, 그녀만이라도 살아남게끔 편대 맨 후미에 배치한 것이다.

"후회할걸."

그녀는 내가 최고의 탱커야, 하고 다시 항변했다. 대장은 대

꾸 없이 그저 그녀에게 눈을 한번 부릅떠 보였다. 삼십 분 후에
는 러시, 돌진이었다. 에어 독은 벌써, 헤드쿼터스 섹터의 외곽
상공에 자리를 잡고 떠 있었다. 호흡중추 시위에는 길드의 능력
자 전원이 동원됐다. 그래 봤자, 열넷이었다. 그저 그뿐이었다.
그 열넷이 일곱 대의 무장 호버 탱크에 나눠 탔다. 그녀는 풋내
기 치이와 함께 탔다. 싱은 세 번째 탱크였다. 싱은 저녁을 굶
었고, 조금 전 자위행위를 했다. 긴장하지 않기 위해선 어쩔 수
없었다는 궁색한 변이었다. 선두의 하사는 그녀가 신참내기였
을 때 가상 차원의 사막, 샘 샌드 듄을 단체 관광 시켜준 바로
그 하사였다. 폭음(爆音)과 불꽃을 좋아하는 사이코였다. 그래
서 선두를 맡겼다. 사 년 전엔 베타 섹터의 반달리즘 길드에 있
었는데, 발전소 시위 실패 후 그쪽 길드가 해산되자 이리로 옮
겨온 것이다. 초반의 장애물들은 하사 몫이었다. 엔진과 연료를
점검하기 시작했다. 활주대의 호버 탱크들이 노래를 부르기 시
작했다.

　길드의 나머지 러셔들을 위해선, 중수송선이 준비됐다. 수송
선에 옮겨 타선, 사백 킬로미터쯤 멀찍이 떨어져서 그녀들을 지
원할 것이었다. 탱크들끼리 통신이 끊기거나 탈주선 데이터에

오류가 생기거나, 좀 더 중요하게는 추격대의 움직임을 그녀들에게 로딩해주는 역할을 수행한다. 이미 통신위성과 교통 통제 위성을 해킹해놓았다. 지휘는 기계실장이 한다. 수송선에는 길드의 값나가는 핵심 장비와 러셔들의 개인 화물이 실렸다. 시위가 끝나고, 아직 움직일 신체가 남아 있다면, 러셔 각자가 제 짐을 알아서 되찾아가기로 했다. 활주대가 텅 비면, 중수송선도 그녀들을 따라 에어 독을 뜰 것이었다. 에어 독은 버린다.

에어 독은 대장이 이미 팔아버렸다. 내일 새벽쯤, 자이 섹터의 고철 상인들이 동체를 수거하러 오기로 했다. 안녕, 에어 독. 그녀는 마지막으로 찬찬히 에어 독 내부를 일별했다.

"발사."

"발사."

대장의 목소리와 기계실장의 목소리가 번갈아 들렸다. 그녀도 따라 외쳤다. 발사. 엔진의 노랫소리는 한껏 커졌다. 앞선 호버 탱크들이 차례로 활주대를 달려 날아올랐다. 눈 깜짝할 새에 헤드쿼터스 섹터의 희붐한 밤하늘로 널찍이 퍼져 흩어졌다. 이 밤이 지나고 내일 아침이 되면…… 하고 그녀는 생각했다. 사람들은 호흡 구체의 거대 팬이 멈춰버린 아침 하늘을 보게 되겠지. 지난 삼십여 년간 단 한 번도 멈춰본 적이 없는 시의 폐가 문득 죽어버린 아침을, 오염 물질로 가득한 뿌연 아침 하늘을 보게 될 거야. 그래…… 얼마쯤은 병원으로 실려 가고 얼마쯤은 숨이 막혀 죽을 거야. 그녀들 시위의 목적이 그것이었다. 시의 하늘에서 대기 정화 프로젝트를 걷어버리는 것, 호흡 구체가 전혀 신뢰할 만한 것이 아니라는 사실을 알리는 것이었다. 호흡 구체가 시의 진짜 호흡기관, 진짜 폐가 아니라는 사실을 경고하는 것이다. 시 정부를 향해. 시위가 성공해 대기오염 수치가 올라가면, 사람들이 병원으로 실려 가기 시작하면, 정부도 별수 없을 것이다. 좀 더 그럴듯한, 좀 더 근본적인 환경 정책을 강구하게 될 것이다. 당연한 얘기지만 그녀에게도 길드에게도, 세상을 바꿀 힘은 없었다. 세상을 바꿀 힘은 정부에 있다. 시위는 그래서 한다. 세상을 바꿀 힘을 지닌 정부에 경고하기 위해. 그녀들이 가진 힘이란 어찌나 보잘것없는 것인지, 단지 경고 한번 하려는 것인데도 목숨을 놓고 배팅을 해야 한다.

시위 후에 그녀들은, 성공하든 못 하든 해산해야 한다. 그것이 길드의 운명이었다. 큰일 한번 저지르고 공중분해되는 것. 남는 것은 러셔 각자의 경력과 수배 딱지고.

"나쁜 자식!"

왜 자꾸 모비에게 화가 나는지 알 수 없었다. 이건 길드의 일이고, 모비는 길드의 일원이 아니었다. 모비는 이 얼빠진 환경 원리주의자들과는 아무 상관이 없었다. 그래도 메꽃은 모비가 옆에 있다면 뺨이라도 갈겨주고 싶은 심정이 되어 있었다. 호흡 중추 통제 기지 내부였다. 기지 외부의 광자벽을 뚫고 러시한 지 백이십이 초가 지났다. 방금 그녀의 호버 탱크 아래로, 사이코 하사의 시커멓게 그을린 몸뚱이가 지나갔다. 어쩌다 조종간에서 튕겨 나와 불 속을 뒹군 모양이었다. 그녀의 탱크는 체육관을 지나 막 화물 전용로 구획으로 접어들었다.

"어떻게 됐어?"

"하사가 죽었다. 대장이 잘 해내고 있지만, 사 호도 끝났어. 나는 무기 창고다."

싱이었다. 싱은 기지의 무기고를 지나고 있다고 했다. 예상은 하고 있었지만, 그래도 경비 화력의 수준이 이 정도일 줄은 몰랐다. 핵심 데이터가 없었다면 벌써 전멸됐을 거라는 생각이 들었다. 이제 다섯 대 남았다. 그녀는 후미에 뒤처져 따라가며 앞선 탱크들이 미처 파괴하지 못한 나머지 경비 화력을 제거하고 있었다. 하사가 죽을 정도로 격렬한 선두의 시위에 비하면 이쪽 후미는 장난이었다. 무기고 너머는 호흡중추의 구체와 이어진 플랫폼 구획이었다. 그녀들은 거기서 우회전해, 메인 시스템 구획으로 가야 한다. 램더 섹터의 이식 인간에게서 구한 핵심 데이터를 따르자면 그랬다. 다행히 데이터가 있어서, NW05 호흡 구체를 칠 때처럼 난데없는 주방과 사무실 위를 날지 않아도 되었다. 경비 화력의 위치도 상세해서 기습을 면할 수 있었다.

펵, 소리가 귓전을 울렸다. 라디오를 싱 쪽으로 열어놓았으니 이건 싱의 탱크에서 나는 소리다. 그녀는 싱을 불렀다. 싱은, 방금 자기 탱크의 포수 머리통이 날아갔다고 했다. 싱은 이제 포수 역할까지 해야 한다. 그녀는 무기고를 지나고 있었다. 방위군이건 그녀들이건 무기고 쪽으론 아무 짓도 하지 못한다. 그녀는 해치를 열곤 육백육십 초 후로 맞춰진 폭탄을 하나 떨구었다. 강력한 파워의 폭탄이긴 하지만 그 영향은 그다지 기대할 수 없다. 무기고의 폭발물들이 연쇄 폭발을 암만 일으켜도, 무기고를 둘러싸고 있는 방파벽이 충격의 반쯤은 흡수할 것이기 때문이다. 그리고 곧이어, 떨어지는 구획 개폐 도어에 찍혀 오

호 탱크가 식빵 잘리듯 두 쪽이 났다는 메시지가 들어왔다. 광자벽을 뚫은 지 백칠십육 초 만이다.

육 호 탱크가 불구덩이에 추락한 건 이백십구 초 만의 일이었다. 선두가 된 대장은 이미 플랫폼을 지났다. 메인 시스템은 이제 대장의 코앞이었다. 그녀도 플랫폼 구획에 접어들었다. 그녀는 제자리에서 한 바퀴 회전하며 양자포로 남은 경비 화력을 태워버렸다. 뜨거운 기운이 그녀의 어깨를 스쳤다. 고개를 돌려보니 탱크 뒤쪽 해치가 날아가 없고, 포수 치아의 머리에 불이 붙어 있었다. 그러길래 헬멧을 쓰라고 그랬잖아! 치아는 비명을 지르며 풀쩍 솟구쳐 오르더니 한순간에 탱크 밖으로 뛰어내렸다. 그녀는 방향을 잡곤 얼른 플랫폼을 빠져나갔다.

"이런, 메꽃!"

대장의 목소리였다. 흥분해선 날카롭게 갈라지고 있었다. 대장은 요 며칠 동안 약도 술도 입에 대지 않았다. 식사 조절까지 했다. 소량의 야채만 먹고, 하루 이십 킬로미터씩 러닝머신을 달렸다. 저력이 있었다. 단 며칠 만에, 체력은 그저 그랬지만 신경력의 수치들은 거의 정상치를 회복하고 있었다. 대장의 신경은 지난 몇 년간의 어느 때보다도 더 청결했다.

"왜!"

"메꽃 돌아가. 여긴 우리가 한다!"

그녀는 타격점 데이터가 정확해? 한 방에 날려, 하고 소리쳤다. 싱의 목소리도 들렸다. 다급하게 대장을 찾는 소리였다. 아니, 저게 뭐야! 아니, 저게 뭐야! 하는 소리가 몇 번이나 반복해 들렸다. 대장과 싱의 호버 탱크는 확실히 호흡중추 메인 시스템 구획에 들어가 있었다. 그들은 메인 시스템을 이야기하고 있었다. 메인 시스템의 타격점에 대해, 비명에 가까운 목소리로 의견을 교환하고 있었다. 그녀는 그들의 왕왕거리는 대화를 들으며 고속으로 탱크를 몰았다. 저게 뭐라니? 타격점 데이터에 오류가 생긴 걸까? 시간을 지체하면 안 된다. 타격점이든 뭐든 시간을 끌면 안 된다. 빨리 치고, 빨리 빠져나와야 탈주선을 탈 수 있다.

그녀는 메인 시스템을 향한 마지막·모퉁이로 돌진했다. 저 모퉁이만 돌면 메인 시스템 구획이었다. 코앞이었다. 그녀는 아껴놓았던 Mk. 2(t) 야그 미사일을 열었다. 무거워 두 기밖엔 신지 못한 것이었다. 그러곤, 타격점 데이터를 로딩했다. 스크린에, 메인 시스템을 투영하라는 메시지가 떴다. 갑자기 화염이,

모퉁이 앞 직선 통로를 휩쓸며 지나갔다. 화염의 기세에 턱을 얻어맞은 탱크가 휘청했다. 메인 시스템이 폭발한 걸까. 그녀가 막 모퉁이 너머 화염 속으로 뛰어들려는데 싱의 목소리가 그녀를 멈춰 세웠다.

"대장이 트리거 포인트를 깼어!"

타격점을 깼다니, 성공했다는 얘길까. 그녀는 더 이상의 메시지를 받지 못했다. 두 번째 화염이 그녀의 탱크를 치고 지나간 것이었다. 찢긴 탱크 장갑들이 화염에 섞여 무서운 속도로 날렸다. 그리고 그 파편들에 끼어, 누군가의 신체 조각들도 불꽃 속을 흩날렸다. 아. 그녀는 놀라 신음했다. 시간은 이제 이백오십 초를 지나고 있었다. 메꽃! 다른 낯익은 목소리가 그녀를 찾았다. 사백 킬로미터 밖, 중수송선의 기계실장이었다. 그쪽도 다급한 목소리였다.

"대장은 죽었고, 싱은?"

"방금 싱의 하체를 봤어요. ……어떻게 됐어요?"

"호흡중추의 네트워크가 현격히 저하되고 있어. 외곽 호흡구체 몇 개는 벌써 기능이 정지됐고. ……우리도 쫓기고 있어, 메꽃."

그녀는 메인 시스템을 코앞에 두고 탱크를 뒤로 돌렸다. 그 순간, 기계실장의 수송선과의 통신도 끊겼다. 수송선이 쫓기고 있다? 경찰 순찰대에 걸린 걸까. 중추 네트워크가 저하되고 외곽 구체 몇 개가 정지됐다니, 시위가 성공했을 확률은 높았다. 싱의 얘기든 기계실장의 보고든, 직접 확인해보려면 지금 모퉁이를 돌아 불 속에 뛰어들어야 하는데, 그렇게 시간이 남아도는 상황인지 알 수 없었다.

"일단 나가서, 내일 아침 뉴스를 들어보면 알겠지."

그녀는 전속력으로 탱크를 몰아 기지를 되돌아 나갔다. 이백팔십일 초가 지나고 있었다. 그녀는 탈주선 데이터를 로딩했다. 이천 킬로미터는 도망가야 한다. 혼자뿐이니 더 어려울 것이다. 격추되지 않고 살아남을 확률은 높지 않다. 그녀는 거의 무의식적으로 자동 건을 쏴댔다. 움직임의 낌새만 느껴져도 주저 않고 레버를 당겼다. 지난 시절, 정부와 싸웠던 그 미치광이 길드들도 이랬을까. 떼거리로 왕창 덤벼들었다간 홀로 남곤 했을까. 아니, 혼자 남은 것만 해도 상당한 행운일까. 호흡중추가 깨졌다는 의미에서는 목표 달성이었다. 그녀는 핸들을 탈주선에 자동으로 맞춰놓곤, 한 손엔 양자포 레버를 한 손엔 자동 건 레버를 잡았다. 안녕 대장, 안녕 싱, 안녕 모두 다. 기지 밖으로 나왔을 때, 그녀는 자신이 방위군 추격대의 한가운데 놓여 있는 것을 알았다. 뒤통수가 날아간 그녀의 호버 탱크는 양 옆구리로 불꽃을 뿜으며 탈주선 위를 고속 질주했다. 나쁜 새끼! 다시 한번 모비의 얼굴이 떠올랐다.

*

모비는 어텀 그로브 구역으로 갔다. 에어 독 때문에 며칠 미뤄두었던 질과의 거래를 완성하기 위해서였다. 질 같은 부류는, 줄 것은 잊어버려도 받을 것은 잊지 않는다. 해달라니 해줘야지. 자이 섹터에서 어텀 그로브 구역은, 부유층이 모여 게토를 형성한 몇 안 되는 고급 주거지역 중 하나로 이름을 날리고 있었다. 구역 전체를, 자위대의 경비 시스템이 둘러싸고 있었다. 정문에선 검문까지 한다. 수배 상태인 그는 그래서, 신분 정보를 다시 입력해야 했다.
닷새가 지났지만 에어 독의 소식은 듣지 못했다. 탈주선 데이터를 건네주었을 때 환히 빛나던 메꽃의 얼굴이 떠올랐다. 풋내기답게 메꽃은 데이터에 지나치게 의존하는 경향이 있다. 메꽃을 잊으려 했지만 쉽지 않았다. 어떻게 됐을까. 그 얼간이 겁쟁이들이 시위를 포기한 건 아닐까. 호흡중추 핵심 데이터와 탈주선 데이터를 손에 넣었으니 포기하기도 쉽지 않을 것이었다. 자기 손에 누군가의 핵심 정보가 쥐어져 있다는 유혹은, 견디기 힘든 유혹이다. 정보의 위력을 한번 행사해보기 위해서라도 시위를 할 것이다.

그는 정문을 통과해 셔틀버스를 타고 질한테서 받은 주소를 찾아갔다. 거리 곳곳에서 자위대의 순찰 탱크가 눈에 띄었다. 자위대는 죄다, 외부 섹터에서 불러 모아놓은 녀석들로 구성돼 있다. 자이 섹터 범죄자들과의 내부 결탁을 막기 위해서고, 인연에 얽매이지 않고 총을 쏠 수 있게 하기 위해서다. 어텀 그로브 구역은 자이 섹터에서 밤이 가장 어두운 곳이었다. 거리를 대낮처럼 밝혀놓을 필요가 없는 동네였다. 서치라이트와 보안등의 역할은 비싼 연봉의 자위대와 개인 경호원들이 한다.

명성만큼 대단한 녀석들은 아니다. 질의 저택에 도착하자마자 그는 벌써 둘을 해치웠다. 하나는 신체 리모델링을 한 듯한데, 근육에 박아 넣은 심지 탓에 오히려 동작이 굼떴다. 하나는 빠르긴 했지만 신경이 노동자의 신경인지 강도 있는 긴장을 견디지 못했다. 총은 꺼내지도 않았다. 정원에선 그것으로 끝이었다. 그는 서두를 것 없는 속도로 정원과 현관 복도와 홀을 가로질러, 저택의 이 층 응접실로 갔다. 거기 그의 거래 물품이 있었다.

"대충 이럴 거라, 짐작은 하고 있었어요."

모비는 이 층 응접실에서 차를 마시고 있는 '질의 지도 제작소'의 질을 향해 말했다.

"용케 뚫고 왔군."

그는 거실에도 경호원 둘이 있었는데, 층계 아래 나란히 뉘어주었다고 했다. 먹이고 재워주는 것도 아까운 녀석들이었다고 했다. 질은 피곤에 푹 잠긴 목소리로, 평소 자기도 그놈들 연봉이 아까웠다고 했다. 능력자 계급 출신의 경호원은 씨가 말랐다고 했다. 병원에 있거나, 군대에 있거나, 감옥에 있다고 했다. 질의 목소리도, 그의 목소리도 아주 담담했다. 그는 이 자연스러운 담담함이, 알 수 없이 이상했다. 이거 장난 아닌가, 하는 생각이 들었다. 장난일 수도, 아닐 수도 있었다. 그는 질이 앉은 소파의 끝자리에 엉덩이를 걸치고 앉았다. 응접실 입구와 질이 한눈에 들어오는 자리였다.

"아직 탈주선 데이터는 써보지 않은 모양이야, 여기 와 있는 걸 보니."

그는 고개만 끄덕이고 아무 대꾸도 하지 않았다. 메꽃에게 데이터를 줘버렸다는 얘기도 하지 않았다. 그는 시간이 자정을 넘었으니 어서 할 일을 마치고 자러 가야겠다고 했다. 좀 놀아 주면 안 되나? 질과 나의 거래엔, 한밤중의 어릿광대 조항은 없었어요. 그는 피식, 입술을 빨았다. 질이 어떻게 나올지에 대해선 그다지 관심이 없었다. 질이 죽이라고 하든 말라고 하든, 그저 질의 뜻에 따라주기만 하면 된다. 그 외의 것은 괜한 참견이다. 자기 등 뒤만 조심하면 된다. 질은 소파 쿠션에 푹 잠긴 채로 가슴께에서 두 손을 깍지 끼고 있었다. 차분해 보이는 자세였다. 긴장 따윈 느껴지지 않았다.

"거긴 참 광활하지?"

"샘 샌드 듄 말이야."

"어딜 봐도 모래로 된 지평선뿐이지. 끝까지 가봤어?"

"끝이라고 해봤자, 여전히 모래로 된 수평의 회색 선만 있을 뿐이잖아."

질의 얘기들에 그는 무슨 대꾸인가 하려다 입을 다물었다. 아무하고서라도 이런 낭만적인 표현의 대화를 나눠본 지는 꽤 오래됐다. 언제였는지 기억도 나지 않을 만큼. 어색하고 불편하게 느껴졌다.

"오늘도 젊은 친구들 몇이 그 끝엘 다녀갔더구먼. 아무것도 없는 줄도 모르고."

"예?"

"버스에서 라디오를 안 틀어줬어?"

그는 턱을 조금 추켜올리곤 빤한 눈으로 질을 쳐다봤다. 무슨 얘길까. 젊은 친구들이 끝엘 다녀갔다? 호흡중추가 떠올랐다. 메꽃과 에어 독. 오늘? 요 며칠간 그는 그런 뉴스들에 귀를 기울이고 있었다. 낮에만 해도 그런 뉴스는 없었다. 그는 소리 나게 입술을 빨았다. 무엇인가 있었다면, 그건 그가 올드 마켓에서 어텀 그로브 구역으로 올 때였을 것이다. 질은 자리에서 일어나 시스템 바로 가더니, 뉴스 캡처를 작동시켰다. 은빛 나는 재생 종이가 웅웅 소리와 함께 기다랗게 뽑혀 나왔다.

범죄 집단의 시위에 관한 속보였다. 이런, 갑자기 신경이 곤두었다. 의사 아나토미의 설명을 들은 후론, 당연히 과민한 상상이겠지만, 끊어져라 시냅스 위를 달리는 신경전달물질의 속도와 무게가 느껴진다. 가까운 거리의 다른 시 뉴스맨들에 의해 실시간으로 작성된 뉴스였다. 이런 류의 속보는 정부의 편집을 거치기 때문에 시 내부에선 실시간으론 나오지 않는다. 분량이 상당했다. 재생 용지는 그의 발밑까지 늘어졌다. 하지만 그가 알고 싶은 것은 첫 몇 줄, 사건 요약 부분에 모두 나와 있었다. 첫 몇 줄의, 첫 몇 단어를 읽는 것만으로도 족했다.

24:49   from yasumuro, nami

April 24, AD 28

23시 12분, 사우스코리아 시(市)의 헤드쿼터스 섹터에서 시위 발생.

시위 목표는 호흡중추의 메인 시스템.

환경원리주의 길드인 롤리 팝 보이스의 소행.

호흡중추 기지 전체 시설의 16.2퍼센트가 파괴.

현재 복구 중.

롤리 팝 보이스 길드 생존자 없음.

"생존자 없음?"

그는 좀 충격을 받았다. 대충 그런 내용의 사건 요약 아래론, 길드의 대장이 남긴 시위 메시지가 인용돼 있었다. 시위 개시와 함께 이런 따위 메시지를 언론사마다 뿌리는 게 길드들의 전통처럼 되어 있다. ……경고를 좀 더 겸허하게 받아들여…… 환경 재앙을 피할 수 있다는 얼빠진 환상을…… 가상 차원 사막에서 발생한 수수께끼의 환경 생명체들…… 폴립 군체 덤불이 언제 샘 샌드 듄을 빠져나와 실재의 차원을 덮치게…… 에코 대미지 수치 조작에 대한 엄중한 경고…… 호흡중추는 우리의 폐가 아닌 우리의 감옥, 형벌…… 호흡중추가 아닌 좀 더 근본적인…… 이 자식들, 약 먹고 쳐들어갔나. 데이터가 소용없었을까. 그는 설마, 했다. 그를 찾는, 그의 이름을 부르던 메꽃의 얼굴이 떠올랐다가 불꽃 속으로 사라졌다. 다 죽진 않았겠지. 아무리 신경에 문제가 있다 해도, 그래도 능력자들인데.

"사우스코리아의 공중에서, 또 하나의 길드가 사라졌군요."

그는 곧 얼굴에서 놀란 표정을 지웠다. 그러곤 권총과 단검을 빼 들었다. 그는 오른손엔 밀스 개조 권총을 쥐고 왼손엔 너클 단검을 쥔 채로, 두 손을 가슴께로 들어 보였다. 천천히 흔들어 보였다. 둘 중 하나를 선택하라는 얘기였다. 빨리. 바쁜 일이 있으니까.

질은 차분했다. 질의 표정은 조금 전보다 더 눈에 띄게, 더할 나위 없이 차분해보였다. 기이한 차분함이었다. 일찍이 본 적이 없는 차분함이었다. 강도가 흔히 거리에서 보던 것관 달랐다. 능력자 계급인 그도, 저런 수준의 차분함은 가지지 못한다. 질은 확실히, 신경을 매우 높은 수준으로 제어하고 있었다. 문득 택시 운전사 닷터의 이야기가 기억났다. 질이 초월자 계급일 수도 있을 거라는.

"그 친구들 헛짓을 했나 보더군. 호흡중추는 끄떡도 없대. 자네도, 자네 친구들의 뒤를 따르고 싶나?"

질이 소파에 앉으며 중얼거리듯 물었다. 호흡중추를 깨고 싶나? 깨면 뭐라도 나올 것 같아? 그는 대구 없이 몇 걸음 뒤로 물러섰다. 더 늑장을 부리면 안 된다는 생각이 들었다. 지금 바로 이 저택을 떠나 옥상 창고로 가서 호버 탱크를 몰고 헤드쿼터스 섹터의 호흡중추 기지로 간다고 해도, 빨라도 새벽녘이 될 것이었다. 새벽 네 시나 그쯤? 그때쯤이면 에어 독에 의해 파괴되었던 경비 시스템의 상당 부분이 복구돼 있을 것이었다. 어서 질과의 거래를 완성해야 한다.

"거래를 지금 완성시킵니까?"

질이 고개를 끄덕였다. 질의 시선은 그의 오른손 밀스 개조 권총을 향하고 있었다. 빠르고 강한 쪽에 취미가 있나 보군. 그는 팔을 쭉 펴면서 총알을 날렸다. 질의 머리가 뒤로 젖혀졌다가, 소파 쿠션의 반동에 의해 튕겨져 나왔다. 이마에 채 일 센티미터도 되지 않을 작고 새까만 구멍 하나가 뚫렸다. 질은 곧 자세를 고쳐 앉더니 그에게 손짓을 해 보였다. 이리 가까이 와봐.

그는 저도 모르는 사이에 걸음을 옮기고, 소파의 질 앞으로 갔다. 이마의 뚫린 구멍에선 아무것도 흘러나오지 않았다. 이럴 리 없다. 질의 뇌는 지금쯤, 회전하는 총알에 의해 국수 다발처럼 헝클어져 있어야 한다. 그는 질의 이마에 총구를 갖다 댔다.

"이런 제가 잘못 쐈군요. 그럼 다시."

"아니, 쏘지 않았어."

그는 멈칫했다. 질은 손을 들어 총구를 쥐곤 부드럽게 아래로 끌어 내렸다. 그의 팔은 힘없이 딸려 내려갔다. 총알을 확인해봐. 그의 두 뺨은 붉어졌다. 그는 홀린 듯 탄창을 꺼냈고, 총알 수를 세었다. 탄창에 네 알, 약실에 한 알이었다. 질이 맞았다. 그는 쏘지 않았다. 그는 눈을 부릅뜨곤 소리 나게 입술을 빨았다. 뒷걸음질 쳤다.

"장난이 지나쳤어?"

질의 얼굴이 즐거움으로 환히 빛났다.

"그리 흐리멍덩해서야 무슨 일을 할 수 있겠어? 내 뭐라 했지? 신경을 활짝 열어놓으라고 했지? 호흡중추를 깨겠다고? 이런 눈속임 하나 견뎌내지 못하면서?"

모비는 질에게 초월자 계급이냐고 물었다. 질은 대꾸하지 않았다. 길드가 정말로 전멸했느냐고 묻자 알 수 없다고 했다. 그는 그럼, 날 왜 불렀느냐고 했다. 멘델레프 칼리지 구역의 모비가 무슨 일을 하는 작잔지 몰라서 불렀느냐고 했다. 화가 머리 끝까지 치솟았다. 재수가 옴 붙었다고 생각했다. 입안이 뜨겁게 달아올랐다.

"내가 뭐로 보이나?"

"이런! 알 게 뭐야."

"신경을 활짝 열어놓고 날 다시 봐."

낭패감이 그의 머릿속을 어지럽혔다. 질과는 고작 이 미터쯤 떨어져 있었다. 총이 통하지 않는다면 너클 단검이 있다. 일 초도 채 걸리지 않을 것이다. 칼날로 숨을 끊어놓은 후에, 톱날로 거죽을 얇게 떠 쭉 펴놓을 수도 있다. 이 친구가 죽고 싶어서 날 부른 걸까. 이 모든 게 그저 장난 아닐까. 질의 말처럼 그는 전신의 신경을 곤두세웠다. 그 순간, 그는 깜짝 놀라 균형을 잃고 비칠거렸다. 눈앞의 것에 놀라, 거의 주저앉을 뻔했다.

"아."

손에 얼마나 힘을 주었던지, 단검 자루의 주름이 손바닥을 파고들어 아프게 찔러왔다. 그는 얼핏 균형을 잡곤, 자세를 낮췄다. 당장이라도 튀어나갈 듯 공격 자세를 잡았다. 뭘 봤던 걸까. 내가 뭘 보고 그리 깜짝 놀랐던 것일까. 질의 말처럼 온 신경이 열리는 순간, 나는 뭘 봤던 것일까.

"인공 식품을 너무 많이 먹어서 그래."

질의 목소리였다. 더할 나위 없는 차분함으로 충만한 목소리였다. 그는 그 짧은 순간에, 광휘를 봤다. 신경이 열리는 그 짧은 순간에 질의 뺨에서, 이마에서, 손등에서, 나이트가운에서,

몸 전체에서 발하는 광휘를 봤다. 새하얗게, 희게 발하는 빛을 봤다. 질의 전신을 뒤덮은 흰 광휘를 봤다. 까맣던 머리카락도 흰빛을 냈다. 몇 가닥 두터운 전광이 질의 이마 위에서 사방으로 뻗어나가고 있었다.

"그 탓에 신경질적이고 발작적이 되는 거야. 인공 식품이 범죄광을 키운다."

그는 고개를 끄덕였다. 광휘는 이제 사라졌다. 그 짧은 순간이 지나자, 질은 나이트가운을 걸친 피곤에 찌든 삼십 대 후반 나이의 사내 이상도 이하도 아니었다. 속임수였나? 내가 총을 쏘았을 때처럼, 좀 전의 광휘도 환각이었을까. 질의 수작, 눈속임, 마술이었을까. 그는 저도 모르게 체머리를 흔들었다.

"그렇다고 진짜 고기와 채소를 사 먹을 순 없지. 비싸서. 그렇지?"

구역질이 치밀었다. 봐선 안 될 것을 본 기분이었다. 금기 하나를 깬 기분이었다.

"이런……."

그는 간신히 입을 뗐다.

"질은 초월자였군요."

하지만 질은, 제어가 잘 이뤄진 차분한 표정으로 아니라며 느릿느릿 고개를 저었다.

*

메꽃은 제이터 섹터의 뒷골목에 호버 탱크를 버리고 시 횡단 자기부상열차를 탔다. 자이 섹터의 올드 마켓에 도착한 건 두 시 사십팔 분이었다. 근 세 시간 동안 그녀의 신경은 극한을 달렸다. 과부하가 걸리지나 않을까 걱정이 될 정도였다. 호흡중추 기지에서 러시하며 혹사한 것도 상당한데, 추격대에 쫓기며 장시간 탈주선까지 탔다. 그저 그런 탱커였다면 벌써 온 신경이 새카맣게 타버렸을 것이다. 탱크는 더 쓸 수 없게 되어버렸다. 후미가 휑하니 날아갔고 탄약도 바닥났다. 만신창이 꼴이 참 볼 만했다. 그녀도 여기저기 그슬렸다. 파편에 찢겼다. 안전하게 몸을 숨기는 데에도 탱크는 불리했다. 그래서 헤드쿼터스 섹터에서 웬만큼 떨어진 거리의 제이터 섹터에 이르렀을 때, 추격대를 웬만큼 따돌렸을 때, 탱크를 버리곤 대중교통을 탔던 것이다. 그녀는 휴식이 필요했다.

길드의 모든 러셔와의 통신이 끊겼다. 대장이나 싱은 물론이고, 기계실장의 중수송선과의 통신도 마찬가지였다. 대장이나 싱이 격추된 것은 거의 확실했고, 수송선은 아직 알 수 없었다. 기계실장은 우리도 쫓기고 있다고 했다. 격추됐을 수도 있고, 어쩌면 전파 추적을 피하기 위해 일부러 통신을 끊어버렸을 수도 있다. 그랬다면 다행이지만. 아직 시위 건에 대한 뉴스는 나오지 않고 있었다. 정부의 공식 발표는 일러야 정오쯤일 것이다. 그때쯤이면 시위의 성공 여부도 생존자의 여부도 알 수 있을 것이다. 하긴 길드에 생존자가 있다 하더라도 상호 간에 연락을 취하거나 하진 않을 것이다.

"길드는 끝났어."

그녀는 온 관절을 와들와들 떨며 모비의 호버 탱크에 기어올랐다.

"끝을 봤어."

그녀는 조종간 좌석에 몸을 누이며 중얼거렸다. 어쩌면, 성공했든 못 했든 생존자가 있든 없든 그런 따위와 관계없이, 생의 어느 한순간의 끝을 봤다는 게 소중한 것인지도 몰랐다. 난생처음 생의 한순간의 끝까지 가봤다는 그 자체가 소중한 것인지도 몰랐다. 대장이 술에 취해 언젠가 했던 얘기가 떠올랐다. 끝이라고? 가봤자야. 아무것도 없어. 그는 그때 환희와 공허의 감정에 대해서도 얘기했었다. 그녀는 공포 때문에 소리 내 울었다. 그 공포가 그녀를 여기 모비의 옥상 창고로 이끈 것이었다. 그녀는 잠들었다. 열일곱 살 이후론 도무지 눈물을 흘려본 적이 없는 그녀였다.

깨어보니 모비가 전투용 장갑을 벗기고 있었다. 잠이 든 지 한 시간도 지나지 않은 시각이었다. 메꽃은 무표정하게, 그리고 단 한 마디도 하지 않고 모비가 하는 대로 몸을 내맡겼다. 말이 없긴 모비도 마찬가지였다. 묵묵하게, 그녀의 장갑을 벗기고 파편을 뽑고 지혈하고 꿰매고 제독하고 붕대를 감아주었다. 그러곤 걸레를 가져다 시트에 고인 핏물을 닦아냈다.

모비는 다른 친구들은? 하고 물었다. 그녀는 고개를 저었다.

"데이터가 소용이 없었어?"

"소용 많았어. 그래서 이렇게 나라도 살아 돌아왔잖아."

그녀는 데이터마저 없었다면 나도 죽었을까, 하는 생각을 잠깐 했다. 모비는 창고 한편에 차려진 주방으로 가 간단히 식사를 준비했다. 신경 회복에 필요한 약도 몇 개 꺼내 왔다. 회복까지는 아니더라도 약간의 원기는 돌았다. 그녀는 가능한 한 흥분하지 않으려고 노력하면서 호흡중추에서 있었던 일들을 설명해주었다. 대장, 싱, 메인 시스템, 데이터는 정확했지만 경비 시스템은 예상외로 대단했던 일, 중수송선, 수수께끼 같던 메시지들, 그리고 제이터 섹터에서 열차로 갈아탔던 일.

"어쨌거나 끝은 봤어."

그녀가 말하자 모비 얼굴의 그늘이 더 깊어졌다.

"무슨 끝? 넌 모퉁이를 채 다 돌지 않았어."

"응?"

"호흡중추 메인 시스템을 보지 못했잖아. 모퉁이 앞에서 되돌아왔잖아. 코앞에 두고."

모비의 질책하는 듯한 말투에 그녀는 고개를 갸웃, 했다. 그래서 그게 뭐? 그녀가 말하는 끝은 그런 끝이 아니었다. 모비의 얼굴에 그늘이 드리워져 있다. 말수도 적어졌고, 그 거친 육체에 어울리는 화사하고 화려한 미소도 사라지고 없었다.

"메꽃, 움직일 수 있겠어?"

그녀는 그렇다고 했다. 모비는 다시 물었다. 싸울 수 있겠어?

그래. 모비는 시간을 확인하더니 그 자식들, 경비 시스템을 얼마나 복구했을까, 하고 물었다. 그녀는 글쎄 알 수 없지, 했다.

"지금 들어가려고?"

그녀는 모비가 무슨 얘기를 하는지 깨닫고는 소리를 높였다.

"안 되겠다. 여기서 좀 더 자."

모비는 자다가 좀 회복이 되면 아침 일찍 여길 뜨라고 했다. 혹경찰이 들이닥칠지도 모르니. 먹을 건 없다고 했다. 그리고 자기는 돌아오지 않을 거라고 했다. 올드 마켓을 뜰 거라고 했다.

"혼자서는 안 돼. 어려워. 우릴 좀 봐."

"혼자니까 가능한 거야."

그녀가 놀란 눈을 뜨고 있는 사이, 모비는 식탁을 치우고 설거지를 했다. 익숙한 몸놀림으로 탱크를 점검하고 장갑을 차려입었다. 모비는 얼굴에서 표정을 지우고 있었다. 그녀는 다시한 번, 대장과 싱이 메인 시스템을 이미 깼다고 말했다. 확인은못 했지만 거의 그랬을 거라고 했다. 설혹 깨지 못했다 하더라도 충분히 피해를 입혔고, 그만하면 경고가 됐을 거라고 했다. 그만하면 안일한 정부 환경 정책에 그럴듯한 경고가 됐을 거라고, 호흡중추가 마비되어 시민들이 오염 물질을 마시고 쓰러지

기 시작하면 무언가 좀 더 근본적인 대책을 강구하기 시작할 거라고, 시위란 원래 혁명보다는 경고에 가까운 것이라고 했다.

"그럴듯한 경고라고?"

모비는 한껏 부드러워진 얼굴로 물었다. 호흡중추가 마비됐을 거라고? 그녀는 모비에게서 꼬깃꼬깃 접힌 종이 뭉치를 건네받았다. 길드의 시위 소식이 담긴 재생 용지였다. 모비는 그녀가 뉴스를 다 읽을 때까지 기다려주었다. 용지 아랫부분에 호흡중추 피해 상황에 대한 보고가 실려 있었다. 처음 부분은 메인 시스템 타격 직후 중수송선으로부터 받은 메시지와 일치했다. 호흡중추의 네트워크가 저하됐고, 시 외곽의 호흡 구체 여섯 기가 정지됐다는. 하지만 보고의 끝부분은 그녀를 실망시켰다. 단 몇 분 만에 기능들이 정상 회복됐다는 보고였다. 거대 팬이 다시 회전하기 시작했다. 각 기지의 샘 샌드 듄 사막은 안전하다. 가상 차원엔 손상이 없다.

메인 시스템에 대한 얘기는 없었다. 시위 집단이 메인 시스템을 깼다는, 파괴했다는 보고는 없었다. 다른 시에서 나온 실시간 보고니 조작의 가능성은 없었다. 일단 믿어볼 수는 있다. 시위는 실패했을까? 적혀 있는 대로라면 그렇다. 하지만 여기선 전멸이라고 했는데, 지금 난 살아 있지 않은가.

"싱이 메인 시스템을 껐다고 했는데, 왜!"

"껐겠지. 그래."

모비는 알 듯 모를 듯한 모호한 표정을 지었다. 그러곤, 혼잣말하듯 이렇게 덧붙였다.

"……난 그 친구들이 거기서 뭘 봤는지, 그게 궁금해."

메꽃은 우기고 우겨서 결국 호버 탱크의 조종간에 올라탈 수 있었다. 신경이 쇠진해서 언제 과부하가 걸릴지 모를 일이었다. 그래도 어쩔 수 없었다. 혼자 보냈다간 대장이나 싱 짝이 날 게 뻔했다.

"호버 탱크 조종간에 좌석이 왜 두 개 붙어 있겠어, 모비."

그녀는 비교적 덜 소모적인 탱크 조종을 맡기로 했다. 모비는 마땅찮다는 표정으로 창고 밖으로 내려가더니 잠시 후, 그녀가 입을 새 전투용 장갑을 가져왔다. 새 장갑은 좀 크긴 했지만, 원래의 것보다는 활동성이 괜찮았다. 더 가볍고 더 부드럽게 개량된 디자인의 것이었다.

"좋아. MC 구역 최고의 거친 육체와 가슴이 툭 튀어나온 육체."

모비의 얼굴이 조금 밝아져 있었다.

"호흡중추를 깨기 딱 알맞은 팀 구성이군."

츱, 소리가 났다. 모비가 입술을 빠는 소리였다. 새벽이 머지
않은 시간이었다. 헤드쿼터스 섹터의 호흡중추에 도착할 때쯤
이면 스카이라인 저편으로 대기 먼지에 젖은 태양이 새빨갛게
뜨고 있을 것이었다. 그녀는 핸들을 끌어 올리며 생각했다, 까
짓 마흔까지 살다 중독자로 죽는 거나 스물넷의 나이에 검붉은
도시의 일출 아래 격추돼 죽는 거나 그게 그거일 거라는.

"그래…… 할 만하니까 하는 거야. 싸울 만하니까 싸우는 거
야."

그녀도 어느새 모비나 싱이 늘상 지껄이곤 하던 말과 똑같은
말을 지껄이고 있었다. 그래, 이번엔 정말 성공하게 될지도 몰
라, 모비와 함께니. NW05 호흡 구체를 깼을 때처럼.

*

경비 시스템이 아직 완전히 복구되기 전에 급습하자는 게 계

획이었지만, 도무지 만만한 게 아니었다. 호흡중추 기지는 시내 한복판에 자리하고 있어, 평소에는 아무 제지도 받지 않고 가까이 접근할 수가 있었다. 에어 독의 일곱 대나 되는 호버 탱크들이 한꺼번에 러시할 수 있었던 것도 그 덕이었다. 자가용이나 택시들 틈에 은근슬쩍 묻어가면 되는 것이다. 하지만 이번엔 사정이 달랐다. 시 정부청사를 중심으로 반경 삼 킬로미터 이내의 교통이 통제되고 있었다. 공중을 달리는 것이든 거리를 달리는 것이든. 오직 보이는 것이라곤 방위군의 유닛들과 기지 복구에 필요한 건설 유닛들뿐이었다. 어설프게 접근하다간 러시도 못 해보고 전신이 불꽃에 감싸인다.

새벽인 데다 온갖 조명들을 끌어다 켜놓아서 구름이 좀 낀 대낮이나 다름없이 환했다. 메꽃은 통제 지역을 멀찍이 떨어져 선회하면서 취약점을 찾았다. 그나마 호흡중추 기지의 핵심 데이터를 확보해놓은 게 다행이었다. 기지를 감싸고 있는 광자벽은 아직 복구가 안 된 상태였다. 일단 광자벽을 찢는 데 드는 시간은 번 셈이었다. 시간을 절약하는 가장 좋은 방법은 몇 시간 전에 길드가 갔던 길을 그대로 따르는 것이다. 물론 그 가능성은 가장 먼저 포기했다. 그랬다간 황천길까지 따라가게 될 것이기 때문이다.

"아까 우리가 뚫었던 그 동선이 메인 시스템에 이르는 가장 빠른 동선이었어."

메꽃이 말했다. 메꽃은 이제 조종간을 수동으로 돌려놓고 있었다. 피로한 기색이 완연했다. 이 기습이 끝날 때쯤엔, 어쩌면 메꽃은 돌이킬 수 없게 되어 있을 수도 있었다. 망가지고 타락한 육체가 되어서 올드 마켓의 뒷골목을 배회하게 될지도 몰랐다. 그리고 그건, 모비 그도 마찬가지였다. 끔찍한 마음에 그는, 시냅스 강화제를 한 번 더 팔뚝에 찔러 넣었다.

"여기는 어떨 것 같아?"

메꽃은 설계도의 장교 숙소를 손가락으로 짚어 보였다. 숙소 건물의 한끝이 기지 외곽을 향해 나 있었다. 숙소 건물 복도를 따라 쭉 나아가다 보일러실로 빠지면, 레이더 관제실과 가까운 거리에 가 닿게 되어 있었다. 거기에서 얼마쯤 더 가 다시 수영장의 벽 한쪽을 뚫고 나가면, 메꽃이 이미 지나보았던 레일이 깔린 화물 전용로로 들어서게 된다. 그다음부턴, 길드가 갔던 동선을 그대로 따라간다.

"얼마나 더 걸릴 것 같아?"

"이렇게 돌아가면 적어도 사십 초는 더 계산에 넣어야 할 거야."

장교 숙소 쪽 동선은 길드가 갔던 길을 사십 초 정도 돌아가는 것이었다. 어쩔 수 없어? 응. 어쩔 수 없어. 더 좋은 동선이 나올 때까지 여기서 마냥 노닥거리고 있을까? 아니. 하긴 그쪽에 경비 화력도 덜 모여 있었다. 그는 메꽃을 바라보며 고개를 끄덕였다. 이번엔 바흐를 틀지 않을 것이었다. 정적 속에서 불꽃을 튕기는 것도 괜찮을 거야. 초고속 바흐 따위, 살아 돌아갈 수만 있다면 얼마든지 이백 퍼센트 돌릴 수 있다.

그는 나지막하게 속삭이듯 중얼거렸다.

"메꽃, 러시."

호버 탱크의 동체가 격렬하게 요동쳤다. 삼 킬로미터의 거리를 메꽃은 순식간에 가로질렀다. 탱크가 기지 건물로 돌진하는 게 아니라, 기지 건물이 탱크 앞으로 빨려드는 것처럼 느껴졌다. 메꽃이 액셀을 밟고 있는 동안 그는 구 밀리 퓨전 디스럽터 건의 방아쇠를 당겼다. 장교 숙소의 창과 콘크리트 벽이 가리가리 찢겨나갔다. 메꽃은 겨우 몇 미터 폭밖엔 되지 않는 숙소 내부 복도를 박치기 한 번 없이 매끄럽게 날아주었다. 폭음과 불꽃과 문짝과 돌조각이, 살덩이 핏덩이와 함께 검붉게 소용돌이치며 탱크의 뒤를 따랐다.

탱크는 지금 호흡중추 기지의 혈관 속, 심장 가까운 체내를 날고 있는 셈이었다. 경비 시스템이 뒤꽁무니까지 따라붙어온다 해도, 함부로 공격하진 못한다.

모비는 확신이 없었다, 자기가 지금 무엇을 향해 날아가고 있는지에 대한. 이 러시의 끝에 무엇이 있을지 그는 확실히 알지 못했다. 메꽃은 당연히, 메인 시스템이 이 러시의 최종 타깃인 줄 알고 있다. 사람의 신경 다발을 대신하는 수만 개 칩 더미인 줄 알고 있을 것이다. 물론 그 끝이 정말 AI 칩 더미라면, 더할 나위 없이 다행스러운 일이다. 예측 가능한 타깃이고 퓨전 디스럽터 건 몇 방이면 끝을 볼 수 있는 타깃이니까.

그를 괴롭히는 것은 그게 AI 칩 더미가 아닐, 또 다른 가능성이었다. 더구나 그걸 어떻게 깨야 하는지 방법을 알지 못한다면. 그렇다면 그건 절망 아닌가. 그것 앞에선 디스럽터 건의 구밀리 탄환이 무용지물이라면. 몇 시간 전 어텀 그로브 구역의 질이 들려준 게, 바로 그런 끔찍스러운 가능성이었다.

"뭘 바라는 거야? 뭘 보길 원하는 거야."

차분함은 흐트러지지 않았지만 질의 목소리는 다그치고 있었다.

"거기서 자네, 뭔가 거대한 기계장치를 보길 원해? 반짝반짝 빛이 나는?"

"아, 그런 것 같네요."

모비는 여전히 엉거주춤, 놀란 눈을 하고 있었다. 질은 깍지 낀 두 손을 왼 무릎에 올렸다. 얇은 입술 두 쪽이 아주 파리해졌다. 좀 전의 광휘는 어디 가고, 질의 얼굴엔 창백한 피로의 그늘만 드리워져 있었다.

"자네가 찾는 건 확실한 것일 거야. 확실하고 구체적이고. 예측 가능한."

그는 그렇다고 고개를 끄덕였다. 바로 그랬다. 호흡중추의 메인 시스템. 수만 개의 AI 칩.

"그래. 미사일을 한 방 날리면 불꽃이 일고 파편이 튀고 탄내가 진동하는 그런 걸 원하지?"

그는 그렇다고 다시 한 번 고개를 끄덕였다. 그 외의 다른 것은 생각해본 적도 없다.

질은 테이블 한편의 화로에 놓여 있던 찻주전자를 들어 빈 찻잔을 채웠다. 그러고 보니 그에겐 찻잔도 차도 주어지지 않았다. 차를 마시겠냐고 권하지도 않았다. 마치 여기는 그가 있을 자리가 아니라는 듯, 잘못 찾아왔다는 듯.

"그런데 그런 게 없다면 어쩌겠어?"

그는 그다지 놀라지도 않고 그저 질의 눈을 똑바로 바라보기만 했다. 이미 놀랄 만치 놀랐다.

"이를테면 그건 추상적인 타깃일 수도 있어."

질이 말했다.

"추상적인 타깃, 그렇다면 어쩔 텐가."

그는 뭐라 대꾸해야 좋을지 알지 못했다. 탈주선 데이터를 찾아 여기저기 돌아다닐 때 경고처럼 들려오던 이야기들이 떠올랐다. ……그렇담 잘못 찾아왔어, 호흡중추는 가짜야, 가짜란 걸 굳이 확인하고 싶다면, 모두가 알고 있는 걸 너만 모르는군, 깨봤자 아무것도 얻을 수 없어…….

"그렇담 메인 시스템이 거기 없다는 얘깁니까. 아님, 있지만 그게 가짜란 얘깁니까."

그가 말하자 질의 입술이, 얄따랗게 구겨졌다. 또 무슨 속임

수를, 수작을 부릴지 문득 불안해졌다. 그만 은퇴할 나이가 됐다는 생각이 다시 그의 머릿속을 어지럽혔다. 초월자 계급이냐는 물음에 질은 고개를 저었지만 그대로 믿을 수는 없었다. 초월자를 한 번도 보지 못했기에 그에겐 무엇 하나 판단의 기준이 있을 리 없었다. 하긴 질이 초월자든 아니든, 당장에 그에게 무슨 소용이 있을까. 이런 장난 따위를 못 이겨내다니. 코스모그라드 꼰대 따위에게 놀림감이 되다니.

"그래, 거기 있어."

질이 건배라도 하듯 가볍게 찻잔을 들어 올리며 말했다. 거기 있어, 하지만…….

"거기 있지만 그건 자네가 생각하는 메인 시스템이 아니고…… 그리고 가짜가 아니라 진짜야."

"하지만 역시 자네가 생각하는, 그런 진짜는 아니지."

질의 이야기가 그저 말장난인지 아닌지 잘 알 수 없었다. 그는 질의 두 눈을 침착하게 마주 바라보았다. 말장난인지 아닌지는 알 수 없어도 질의 두 눈에는 최소한, 상대를 압도하려는 기색은 없어 보였다. 좀처럼 이해할 수 없는 일이었다. 상대를 압도하고 기선을 제압하려는 눈빛은, 하다못해 거리에서 스쳐 지나가는 낯선 이의 눈에서도 항상 느껴지는 흔한 것이었다. 하지만 질의 눈엔 그런 기색이 없었다. 질의 눈빛은 상대를 압도하려 들기보다는 반대로, 설득하고 타협하고 공감하고 더불어 그를 자기에게 감응시키려고 애쓰는, 그런 눈빛이었다. 그런 기색이 역력했다.

질은 나와 무엇을 공감하려는 걸까. 자기의 무엇에 감응시키려는 걸까. 질이 그 파리한 입술을 다시 열었다. 입술은 아주 빨리 움직였다.

"모비, 그건 추상적인 타깃이야."

탱크는 벌써 레이더 관제실 내부를 통과하고 있었다. 경비 화력의 저항은 대단치 않았다. 통제까지 하고 있었지만 정말로 급습이 있을 거라곤 예상하지 못한 모양이었다. 모비와 메꽃의 뒤꽁무니를 따라잡은 방위군의 탱크도 아직 없었다. 러시한 지 백팔십일 초가 지났다. 관제실에 정부 기술자들 몇이 있었지만 그냥 그들 머리 위를 날아 벽을 뚫고 빠져나왔다. 바깥으로 나와 합성 아스팔트와 잔디가 깔린 조깅로 구획을 돌아 다시 수영장의 벽을 찢고 들어갔다. 강력한 충격이 그의 턱을 흔들었다.

탱크와 충돌한 다이빙대가 부러져 커다란 원을 그리며 수영장 저편으로 날아가고 있었다.

"메꽃, 호흡중추 핵심 데이터를 어디서 얻었지?"

메꽃의 뺨이 물기에 젖어 있었다. 땀은 아니었다. 과도한 신경 활동으로 눈물샘이 고장을 일으킨 모양이었다. 그가 묻자 메꽃은 램더 섹터, 하고 혀 짧은 소리를 냈다.

"램더의 누구?"

아주 잠깐 동안이지만, 아름다운 풍경이 그의 눈 아래 펼쳐졌다. 라인 길이가 이백 미터쯤 될 파란색 풀이 그의 눈 아래를 지나가고 있었다. 풀의 잔잔하던 물이 탱크가 일으킨 바람을 따라, 하얗게 부서지며 솟구쳐 올랐다. 전면 거울이 부착된 한쪽 벽면엔 그의 탱크가, 탱크에 탄 그의 얼굴이 비쳤다. 머리엔 헬멧을 썼고 그 아래 두 뺨은 핏기 없이 새하얬다. 검붉은 반점들이 탱크의 장갑에, 갉아 먹힌 자리인 듯 얼룩져 있었다. 채 이 초도 안 될 짧은 순간이었지만, 영원토록 그의 머릿속에서 메아리칠 풍경이었다. 그리고 벽 하나가 더 찢겨나갔다. 이제 기지의 화물 전용로였다.

"누구? 아, 질."

메꽃의 얼굴은 눈물범벅이었다. 이마부터 턱까지 미세한 근육 경련이 나타나고 있었다. 그래도 충돌 한 번 없이, 완벽하게 방향을 잡고 있다.

"질."

짐작하고 있던 답이다. 그는 짧게 한숨처럼 내뱉고는 가볍게 입술을 빨았다. 다행히 지금 메꽃은 그가 왜 그런 것을 묻는지 관심을 보일 몸 상태가 아니었다. 그도 아직 알 수 없는 걸 설명해주느라 곤혹스러워하지 않아도 되니. 그가 탈주선 데이터를 질에게서 얻었듯이, 메꽃도 타격점 데이터를 질에게서 얻었다. 그래, 그가 데이터를 얻은 날과 메꽃이 데이터를 얻은 날도 물으나 마나 같을 것이다. 엇비슷하거나.

"그래. 이건 처음부터, 시위도 러시도 아니었어."

뜨거운 무엇이, 발끝부터 머리끝까지 그를 훑고 지나갔다. 이건 그들이 찾아가는 것이 아니라 누군가, 무엇이, 그들을 불러들인 것이다. 모비와 그리고 어쩌면 메꽃까지, 일부러 불러들인 것이다. 나도 메꽃도 정보를 너무 쉽게, 빨리 얻었어. 그는 낭패감에 입술을 짓씹었다.

"모비, 니가 당했구나!"

*

　화물 전용로와 무기고를 지날 때까지도 이렇다 할 저항은 없었다. 서너 대 방위군 탱크가 띄엄띄엄 따라붙기는 했지만 모비가 먼저, 기다리고 있었다는 듯이 죄다 날려버렸다. 기지 무기고의 내부는 완파되어 있다시피 했다. 몇 시간 전, 메꽃 그녀가 떨구고 간 폭탄의 위력이었다. 그리고 플랫폼으로 가기 위해 막 무기고를 빠져나왔을 때, 열두어 기의 개틀링 자동 건이 그녀와 모비의 정수리를 겨누고 있었다. 에어 독의 육 호 탱크가 걸려들었던 바로 그 자리였다.

　그녀가 쏟아지는 개틀링 탄환을 피해 무기고 안으로 탱크를 후진시키는 동안 모비는 산탄 미사일을 쐈다. 둔탁한 폭음이 탱크 내부에까지 밀려들어왔다. 충격에 아래위 잇몸이 달달 떨렸다. 커다란 화염 덩어리가 공중에 떠올라선, 느릿느릿한 속도로 공처럼 회전했다. 산탄 미사일의 강철 구슬들이 방위군 탱크의 장갑에 구멍을 내고 있는 사이, 그녀는 타격점 데이터를 로딩했다. 이제 플랫폼을 돌아 메인 시스템으로 가 초점을 맞추기만 하면, 스크린에 타격점이 뜰 것이었다. 지긋지긋한 타격점…….

그녀는 혀로 입술을 닦았다. 바로 몇 미터 앞에 탱크의 찢긴 장갑 조각이 떨어져 있었다. 육 호 탱크의 잔해 같아 보였다. 현기증이 짧고 강력하게 그녀의 머릿속을 치고 지나갔다. 혀에서 짠맛이 느껴졌다. 괜찮을 거야, 다 괜찮을 거야. 그녀는 저도 모르게 중얼거렸다. 할 만하니까 하는 거야. 화염 공의 둘레가 웬만큼 쪼그라들자 모비는 다시 미사일 레버를 당겼다. 검붉은 화염의 둘레가 이번엔 더 크게, 시야를 완전히 가리며 부풀어 올랐다.

"여기서 벌써 십 초나 머뭇거렸어."

그녀는 무기고 밖으로 탱크를 몰고 나가며 걱정스러운 목소리로 말했다. 모비는 세 번째 미사일을 장전시키고 있었다. 이제 미사일이 다섯 기 남았어, 메꽃. 모비의 얼굴은 훨씬 밝아져 있었다. 표정이 아까보다 환해져 있었다. 한껏 드리워졌던 그늘이 사라지고 있었다. 무슨 일일까? 미사일을 쏘고 나니 스트레스가 풀렸나? 그녀는 바짝 속도를 올렸다. 천장이고 바닥이고 할 것 없이, 플랫폼 사방에 사람과 탱크의 부서진 잔해와 불꽃이 가득했다.

구획 몇 개를 더 지났다. 이제 모퉁이였다. 모퉁이를 돌면 바로 메인 시스템 구획이었다. 싱과 대장이 탱크와 함께 폭발했던 그곳이었다. 모비, 메인 시스템이야. 그녀는 이번에도 멈춰 섰다. 멈춰 서선 모퉁이 너머에 무엇이 있을지 모르니 조심하라고 일러줬다. 싱과 대장을 격추시킬 만큼의 무시 못 할 경비 화력이 있을지도 모른다고 일러줬다. 모비는 대꾸하지 않았다. 아랫입술을 살짝 깨문 채 호흡을 가다듬고 있었다. 신경을 조절하고 있었다. 그녀의 신경도 곤두섰다. 얼마 못 가 신경들이 고강도의 긴장을 견디지 못해 부어오르고 팽팽히 당겨지고 툭툭 끊겨 가기 시작할 것이다. 확실히 한계가 머지않았다.

"한 방이야, 모비."

그녀는 으르렁거렸다. 모비의 능력자로서의 퀄리티가 무엇보다 절실한 순간이었다. 그녀의 안전을 위해서라도, 가능한 한 한 방에 날려주어야 한다.

"그래, 한 방. 거기 뭐가 있든."

"뭐?"

"턴, 메꽃."

그깟 구획과 구획 사이의 모퉁이일 뿐인데도, 영원의 시간처럼 느껴졌다. 그저 모퉁이 하나를 돌 뿐인데도, 그 순간이 영원의 순간처럼 아뜩했다. 모퉁이 앞 통로를 휩쓸며 지나가던 화염이 떠올랐다. 화염 덩어리들에 섞여 흩날리던 싱의 하체가 떠올랐다. 처음부터 모비와 함께였더라면 어땠을까 하고 메꽃은 생각했다. 삼 호나 사 호에 태워서 길드의 다른 탱크들이 앞뒤로 엄호 지원하면서 러시하는 그런 작전이었더라면 어땠을까, 하고 생각했다.

지금 그녀의 상태는 타격점을 코앞에 대줘도 디스럽터 건의 방아쇠를 당기지 못할 정도였다. 잘못 맞추거나, 맞춰도 폭발 반경에서 제시간에 벗어나지 못할 상태였다. 아님 긴장을 견디지 못해 까무러쳐버리거나. 그만큼 상태가 나빴다. 신경이 상해 있었다.

그리고, 메인 시스템 자체가 만만한 상대가 아니었다. 싱과 대장도 저 앞, 모퉁이 너머에서 당했다. 기계도 생명체처럼 누군가를 압도할 수 있다. 누군가의 기를 제압할 수 있다. 그녀는 그렇다고 생각했다. 그래서 싱과 대장이 당한 것인지도 모른다고. 경비 화력에 의해서가 아니라 메인 시스템의 기에 눌려서, 오그라들어서 그런 건지도 모른다고.

"모비, 기계에게도 그게 있을까?"

"그거? 뭐?"

"카리스마."

모퉁이에 바짝 붙어 빠르게 우회전하며 그녀가 물었다. 모비는 대꾸하지 않았다. 그리고 마침내 모퉁이를 완전히 돌았을 때, 그녀는 모비에게 한 질문 따윈 까맣게 잊고 한숨을 뱉었다. 싱의 보고가 옳았다. 대장은 자기 몫을 다했다. 기계실장의, 네트워크가 저하되고 거대 팬 몇 개가 멈췄다는 보고도 틀리지 않았다. 그녀의 앞엔, 타격점 초점을 맞추어야 할 그 무엇도 남아 있지 않았다. 메인 시스템 컴퓨터가, 호흡중추 핵심 데이터에 나와 있는 대로 십오 미터 높이의 거대한 원뿔형 기계가 없었다. 싱과 대장이, 타격점을 맞혔을 뿐 아니라, 시스템의 대형 동체까지도 말끔히 날려버린 것이었다. 바닥에 흩어지고 쌓인 무수한 파편들과, 천장으로부터 아래로 드리워진 굵다란 케이블 몇 가닥만 남기고. 눈에 띄는 것이라곤 우중충한 그을음과 기분 나쁜 그늘뿐이었다. 정상적인 상황이라면 메인 시스템은, 케이블 몇 가닥에 매달려, 가장 안정적인 안티 쇼크 구조를 따라, 지구의 핵을 향해 추처럼 늘어져 있어야 했다.

그녀는 당황했다. 재빨리 자리를 뜰 준비를 했다. 타격점 데이터를 지우고 기지 내부 설계도를 로딩했다. 도무지 알 수 없는 노릇이었다. 중추의 메인 시스템이 파괴됐으면 일 초라도 빨리 복구해야 할 텐데 여기, 왜 아무도 없는 걸까. 아무 작업도 이뤄지지 않고 있는 걸까. 기술자 한 명 보이지 않는 걸까. 늑장을 부려도 괜찮다는 얘길까. 그리고 또, 어째서 뉴스 속보는 그렇게 났을까? 중추가 이처럼 완파됐는데 말단이 어떻게 건재할 수 있다는 얘길까? 중추 시스템이 파편만 남고 제거됐는데 어떻게 말단 시스템이 웅웅거리며 돌아갈 수 있다는 얘길까? 아니, 속보가 거짓이었는지도 모른다. 이곳 말고 메인 시스템이 하나 더 있을 수도 있다. 그렇다면 이건 가짜일까? 그러고 보니 파괴된 정도에 비추어 기지 주변의 경비는 느슨한 편이었다. 이 정도로 타격을 입었다면 방위군의 대응은 지금보다 훨씬, 상당히 삼엄해야 했고 야단법석을 피우고 있어야 했다. 일급 비상이 걸려 있어야 했다. 그녀의 혼란은 끝도 없이 이어졌다.

"모르겠어."

그녀가 핸들을 잡아 빼며 말했다.

"모비, 돌아가서 아침 뉴스나 듣자."

*

러시한 지 삼백십오 초가 지났다. 메인 시스템 구획에는 공격할 만한 무엇도, 공격해올 만한 무엇도 남아 있지 않았다. 에어 독의 얼간이들이 용케 밥값을 했다. 모비는 두 손을 어디에 두어야 할지 몰라 당황했다. 한 손은 퓨전 디스럽터 건의 레버, 한 손은 산탄 미사일의 레버를 쥐고 있었지만, 어디를 조준해야 할지 알지 못했다. 감정을 어떻게 추슬러야 할지도 알지 못했다. 타깃을 겨냥하고 제거해야 한다는 짐을 덜어버린 속 시원함도 아니었고, 기대했던 타깃을 잃어버렸다는 상실감도 아니었다. 메인 시스템의 부재를 확인했을 때 그를 엄습한 감정은 저, 파괴할 것이 아무것도 없는 공간에서 이제 무언가를 바삐 찾아내야 한다는 조바심이었다.

저 아뜩한 부재에서, 쫘 해치워버려야 할 것을 찾아내야 한다는 막막한 부담감이었다. 옆 좌석의 메꽃은 돌아가야 하지 않겠느냐고 종알대고 있었다. 자기도 어떻게 돼가는 노릇인지 알 수 없지만 어쨌거나, 더 쏠 것이 없는데 머뭇거릴 필요가 있느냐는 얘기였다. 시간은 삼백삼십 초를 넘어서고 있었다. 기지

184

바깥을 방위군의 추격대가 새까맣게 에워쌀 시간도 얼마 남지 않았다.

"왜 우릴 여기로 보냈을까?"

그는 핸들을 꺾고 있는 메꽃의 손을 잡아 멈추었다.

"뭐?"

"질이 왜 우릴 여기로 보냈을까?"

몇 시간 전, 모비는 질과의 거래를 완성했다. 그는 질의 주문을 따라 질을 제거해주었다. 총은 사용하지 않았다. 너클 단검이 그 일을 했다. 잘려 벌어진 질의 목에서 날을 비껴 치우며 그는, 내 눈은 속일 수 있어도 내 손맛은 속일 수 없지, 하고 이젠 듣지 못하게 된 질의 귀에 대고 중얼거렸다.

왜 자살하려 할까. 살 만치 살았다는 게 질의 변이었다. 삼십대 후반쯤으로 보이겠지만 실제론 나이 쉰을 넘었다고 했다. 그만 지쳤다고 했다. 무엇에요? 글쎄, 무엇에 지쳤는지 궁금하면 아직 살고픈 미련이 남아 있는 거겠지. 그래, 지쳤다고 죽어요? 그가 따지자 질은 나이트가운을 살짝 벌려 목 아랫부분을 내놓으며, 속삭이듯 말했다. 이러단 내 명에 못 죽어. 주어진 명보다 한참 더 오래 살게 되겠지. 도대체가, 죽어야 할 때 죽을 수 있도록 허용해주질 않아. 누가요? 누구의 허용을? 글쎄. 어쨌거나 그래서, 자네와 이렇게 불법 거래를 하는 거야. 용병 모비, 어서 거래를 완성시키게. 그는 질의 손짓에 따라 너클 단검을 뻗었다. 단숨에 훑었다. 문득 연민이랄까, 그런 게 생겨나서 가능한 한 빠르고 정확하게 숨통을 갈라주었다. 그러고 나서 이번에도 눈속임이 아닐까, 수작이 아닐까 하고 얼마쯤 기다려보았다. 하지만 질은 다시 살아나 그를 놀려대거나 하지 않았다.

죽은 질은 소파에 앉은 채로, 여전히 두 손을 깍지 끼고 있었다. 핏방울이 좀 튀긴 했지만 차분한 표정도 좀 전과 다르지 않았다.

"사는 게 재미없다면 좀 빨리 살아보지. 초 단위로, 나처럼. 하긴 빨리 살아도 마찬가지야, 허무하긴."

그는 질의 저택을 종종걸음으로 빠져나오며, 질이 했던 얘기들을 되짚어보았다. 질은 나와 무엇을 타협하려 했던 것일까.

"추상적인 타깃?"

"신경을 활짝 열어놓으라고?"

"메인 시스템이 있되 그건 내가 생각하는 메인 시스템이 아니고…… 진짜긴 하되 역시 내가 생각하는 진짜가 아니라고?"

질은 나와 무엇을 공감하려 했던 것일까. 무엇에 날 감응시키려 했던 걸까. 질의 눈빛이 떠올랐다. 무엇을 공감시키려는 것인지는 몰라도, 질의 눈빛엔 위협의 의도는 없었다. 위험도 음모도, 그 어떤 위협적인 것의 기미도 느껴지지 않는 눈빛이었다. 그건, 그와 함께하려는 눈빛이었다.

"메꽃, 러시."

모비는 아랫입술을 가볍게 깨물며 메꽃을 향해 말했다.

"러시? 모비!"

메꽃은 기가 막히다는 듯 소리 지르며 양팔을 쭉 뻗어, 탱크 앞쪽의 텅 빈 공간을 가리켰다.

"눈이 삐었어? 저긴, 꽉 막혔단 말이야. 아무것도 없어."

메꽃의 말대로 그들의 앞에는 러시해야 할 필요가 느껴지는 그 무엇도 존재하지 않았다. 불꽃에 그을린 검푸른 자리들과 파편들만, 음울하게 구획을 가득 채우고 있었다. 게다가, 메인 시스템 구획은 출입구를 뺀 사방 다섯 면이 방파벽으로 빈틈없이 닫힌 구조였다. 무턱대고 달려들다간 아주 잠깐 사이에 방파벽과 충돌하게 된다. 특수 합금 재질이라 디스럽터 건이나 미사일 정도론 뚫을 수도, 찢을 수도 없다. 이건 자살 행위야, 모비. 그녀는 속으로 중얼거렸다. 시간은 벌써 삼백사십구 초가 지나고 있었다.

"액셀을 밟아."

"미쳤어!"

메꽃은 액셀에서 발을 뗐다. 그러곤 그의 손을 뿌리치고 다시 핸들을 잡았다. 하지만 그는 곧 메꽃을 밀치고 핸들을 쥔 다음, 액셀에 발을 올려놓았다. 호버 탱크는 제자리에서 몇십 센티미터쯤, 가볍게 일렁이며 떠올랐다. 엔진의 진동이 그의 몸 살갗 전체를 타고 흘렀다. 이제 액셀을 밟으면 채 일 초도 지나지 않아, 맞은편 방파벽에 코를 박고 납작하게 될 것이었다. 그는 일부러 메꽃을 외면했다. 메꽃에겐 아무것도 설명해줄 수 없다. 저 앞에 무엇이 있는지, 그도 알 수 없으니.

"이럴 만하니까 하는 거야, 메꽃."

다만 확신할 수 있는 것은, 거기 위협이 도사리고 있는 것이 아니라, 그와 함께하려는 타협이 기다리고 있다는 느낌이었다. 대립과 갈등이 아니라, 그와의 공감과 감응이 기다리고 있다는 확신감이었다. 그와 메꽃을 제거하려는 것이 아니라, 함께하려는 것이 기다리고 있다는 절대적인 확신감이었다. 그, 마지막 순간의 질의 눈빛처럼.

"러시."

그는 액셀을 밟았다. 밟는 것과 거의 동시에, 탱크는 메인 시스템 구획을 쏜살같이 가로질렀고, 시야는 맞은편 벽의 검푸른 빛으로 꽉 채워졌다. 충돌일까? 메꽃, 충돌일까, 마침내? 그는 츕, 소리가 나게 입술을 빨았다. 광포한 환희가 갑자기, 그의 온 신경을 휩쓸었다. 느닷없는 환희의 감정이 그의 온 신경을 타고 난폭하게 미쳐 날뛰기 시작했다. 그 한순간, 그의 모든 것이 활짝 열려버렸다. 온 신경이 열려버렸다. 열기가 그를 뜨겁게 달궜다. 메꽃의 짧고 날카로운 비명이 그의 고막을 파고들었다.

*

"이런, 메꽃은 죽었군."

모비는 혼잣말했다. 입술을 얼마나 빨았는지 아랫입술에 통증이 느껴졌다.

"아니, 아직 살아 있는데?"

그는 메꽃의 어깨에 손을 얹곤 조금 흔들었다. 손가락 끝이 바들바들 떨려왔다. 메꽃의 입에서, 이빨 사이로 바람 새는 소리가 났다. 소리는 거셌다. 잠시 후, 메꽃은 눈을 뜨고 그를 바라봤다.

"아, 모비."

메꽃은 눈꺼풀을 깜박이곤 고개를 끄덕였다. 그의 눈에 그건, 아직 죽지 않았다는 신호처럼 보였다. 메꽃은 어디야, 하고 물었고 그는 모르겠어, 했다. 하지만 곧 알겠지.

"틀림없이 어디긴 어딜 거야."

그들은 몸을 일으켰고 목을 빼 바깥을 보았다. 그러고 보니, 그들의 엉덩이는 아직 호버 탱크의 좌석에 붙어 있었다. 탱크도 아직, 처박히지 않고 공중에 뜬 채였다. 시야 아래쪽으로부터 쉴 새 없이 회색 모래바람이 피어오르고 있었다. 모래 소용돌이들은 탱크의 해치 위쪽으로까지 높이 솟아올랐다간, 한참 후에나 가라앉을 것처럼 바람을 타고 뿌옇게 떠다녔다. 그리고, 뜨겁고 눈 따가운 광선이 시야 가득 내리쪼이고 있었다. 광선은, 한여름 낮의 뙤약볕을 닮았지만 정작 그것의 광원인 태양은 어디서도 찾을 수가 없다. 그들은 태양을 찾으려 굳이 고개를 들어 두리번거리는 수고를 하지 않았다. 지평선까지 모래 둔덕과 사막이 펼쳐져 있었다. 띄엄띄엄 싯누런빛의 덤불 같은 것이 보였다. 큰 것도 있었고, 작은 것도, 그리고 시야 한쪽을 다 채울 만치 상당히 커다란 것도 있었다.

광활해, 메꽃은 약간 주저하는 듯한 투로 중얼거렸다. 정말 지루하게 광활하지, 그도 할 말을 잊은 사람처럼 잠시 머뭇거렸다. 폴립 군체 덤불도, 가상 차원도 아직 건재하군, 그래. 결국 시위는 실패한 걸까? 아아, 지겨워. 조종간 계기판의 시계는 5:37을 가리키고 있었다.

여기? 샘 샌드 듄이었다.

모비와 메꽃은 자리를 바꿔 앉았다. 핸들은 모비가 맡고 화기의 레버는 그녀가 쥐었다. 그녀의 상태는 예상보다 나쁘지 않았다. 과부하도 걸리지 않았다. 관절들이 뻑뻑하고 두통과 근육통에, 전신이 그저 좀 찌뿌드드한 정도였다. 오히려, 메인 시스템에서 여기 샘 샌드 듄으로 넘어오면서 상태가 좋아진 듯한 느낌이었다. 어찌 된 일인지, 필터 같은 것에 그녀의 육체가 한번 걸러진 듯한 느낌이었다. 맑고 상쾌했다. 그리고 그 느낌은, 갈수록 향상됐다.

그녀가 회복을 위해 긴장을 푸는 동안 모비는 초음파 추적기를 켜놓고 스크린을 들여다보며 느린 속도로 호버 탱크를 몰았다. 뭐 하는 거야? 어디 가는 거야? 하고 그녀가 묻자 모비는 글쎄, 어디로든 가게 되지 않을까? 하고 건성인 듯 답했다. 정처 없이 막막하게, 이 가상 차원을 떠돌자는 걸까. 하지만 그녀는 모비의 표정을 보곤 그것이 진심인 걸 알았다. 그녀를 여기까지 끌어들인 모비도 이 뜻밖의 여정의 목적을, 목적지를 모르고 있는 것이다.

"어쩜, 이럴 수가 있어."

그녀는 물병을 찾아 모비와 나눠 마셨다. 머릿속은 좀 몽롱했지만 기억나지 않는 것은 없었다. 그녀는, 메인 시스템 구획의 방파벽을 향해 그들이 돌진한 것을 기억하고 있었다. 시야가 빈틈없이 벽의 검푸른 빛으로 메워졌을 때 그녀는 비명을 질렀었다. 체내의 온 신경이 굉음과 함께 끊겨나가는 듯한 느낌이 그녀를 후려쳤다. 그러곤, 무슨 일이 있었지? 그녀는 비명과 함께 의식을 잃었고, 깨어보니 여기였다.

어떻게 여기로 넘어올 수 있었는지 통 이해할 수가 없다. 어떻게 이런 일이 벌어질 수 있는지 통 납득할 수가 없다. 메인 시스템 구획 어딘가에, 맞은편 벽 근처에, 상시 작동 상태인 차원 생성기가 장치돼 있었던 걸까. 그럴까.

"아닐 수도 있고, 젠장."

거의 두 시간 동안이나 모비와 메꽃은 모래바람 속을 날아다녔다. 메꽃은 좌석에 축 늘어진 채로 깜박깜박, 잠들었다 깼다를 반복하고 있었다. 초음파 추적기에 걸리는 것은 딱히 없었다. 간간이 운동체가 잡혔지만 그는 모른 척했다. NW05 호흡 구체의 샘 샌드 듄에서 근접했던 바로 그, 허밍을 내는 존재였다. 메꽃은 그것에 대해, 추적기에는 걸리지만 보이지는 않는 존재라고 표현했었다.

허밍을 내는 존재든, 보이지는 않고 추적기에만 걸리는 존재든, 그에겐 당장의 관심 대상이 아니었다. 위험도 높은 새로운 종의 환경 생명체든, 바깥 실재 차원에서 넘어온 뭐든 상관할 바 아니라고 생각했다. 자기가 찾아야 할 것은 저런 것 따위가 아니라는 느낌이 강하게 들었다. 찾아야 할 것은 무언가, 다른 것이었다. 저것 아닌 것, 다른 무엇, 어쩌면 질이 얘기한 추상적인 타깃일지도 몰랐다.

추상적인 타깃, 그게 뭘까. 타깃이되, 추상적이란 단서가 붙었다. 타깃이, 물질이 아니란 얘길까. AI 칩 더미가 아니란 얘길까. 보이지도 않고 만져지지도 않고 냄새도 나지 않는, 어떤 막연하기만 한 추상체? 추상체 타깃? 느낄 수도, 경험할 수도 없는 어떤 것이란 얘길까. 타깃이긴 타깃인데, 산탄 미사일도 퓨전 디스럽터 건의 구 밀리 탄환도 먹혀들지 않을 거란 얘길까. 암만 쏴대도 불꽃도 일지 않고 흠도 나지 않으며 그을리지도 않을 거란 얘길까.

"그럼 그걸 뭐로 깨야 하나."

그는 십 대 시절부터 용병으로서 살아왔지만, 그런 타깃이 있다는 얘기는 듣지 못했다. 그가 상대해온 타깃이란 언제나, 조준할 수 있고 깰 수 있고 뚫을 수 있고 찢을 수 있고 파편이 튀거나 피가 튀는 타깃이었다. 확실하고 구체적이고 제어할 수 있고 예측 가능한 타깃이었다. 그 외 다른 타깃이 존재할 가능성은, 생각해본 적이 없었다.

그는 어느 방향도 선택하지 않았다. 그는 핸들에 가벼이 두 손을 올려놓곤, 탱크가 나아가는 대로 가만있었다. 그 어느 방향도 선택하지 않았다.

실재 차원이었다면 벌써 아침 식사를 마쳤을 시간이었다. 식사를 마치고 잠시 쉬면서 짜증 난 눈으로 청소용 기름걸레를 노려보고 있을 시간이었다. 하지만 메꽃은, 자기가 에어 독을 그리워하고 있는 건 아니라고 생각했다. 그렇지 않아, 전혀. 그녀 머릿속에서 그런 기능이 정지된 지는 오래되었다. 그녀의 뇌는 그리움의 감정 따윈 더 이상 만들지 않는다. 있는 거라곤 기억뿐이다. 그녀가 얕은 잠을 자며 신경을 푸는 동안 모비는 그저 무작정 탱크를 몰고 있었다. 멈추는 법도 없었다. 낮게 떠올라선 느린 속도로 사막을 날고 또 날았다.

"어떻게 돌아가?"

그녀가 묻자 모비는 글쎄? 하고 건성으로 답할 뿐이었다. 계기판을 보니 연료가 얼마 남지 않았다. 모비에게 그 얘기를 했지만 귀를 기울이는 눈치가 아니었다. 어쩐지 멍한 게, 정신이 온통 딴 데 팔려 있었다. 이 정도 연료론 한 시간도 버티지 못한다. 호버 탱크가 서버리면 샘 샌드 듄을 걸어서 횡단해야 하나?

NW05 때처럼 호흡중추 기지의 거대 팬을 향해? 지금 당장 호흡중추 기지로 돌아간다 하더라도 마찬가지였다. 어디서 연료를 훔치지 않고선, 탈주선을 장시간 탈 수 없다. 그들의 안전을 보장하기엔 터무니없이 부족한 양이다. 더 큰 골칫거리는, 어떻게 해야 다시 호흡중추로 넘어갈 수 있는지 알지 못한다는 것이었다. 어떻게, 어떤 경로로 해서 이곳으로 넘어왔는지 알지 못하는 것이다. 게다가, 사실 따지고 보면, 여기가 호흡중추 기지의 샘 샌드 듄인지도 확실치 않았다. 다른 어떤 기지의 샘 샌드 듄일 수도 있고, 심지어는 샘 샌드 듄이 아닌 전혀 다른 어떤 공간, 전혀 다른 어떤 차원일 수도 있었다. 아아, 그녀는 비명이라도 지르고 싶은 심정이었다. 다만 확실한 것은, 지금 연료가 바닥나고 있다는 사실이었다.

"우리한텐 대책이 없어."

차츰 조여오는 위협이 빤히 보이는데도, 그녀 손엔 헤어날 어떠한 수단도 방법도 쥐어 있지 않다. 이건 확실히, 저 실재 차원의 거리에 널린 위협들과는 달랐다. 거리의 위협이란 갑작스럽고 느닷없으며, 결정적인 순간이 오기 전까진 자신을 보여주지 않는다. 공포를 느낄 짧은 틈도 허용하지 않는다……. 하지만 이번엔 달랐다. 여기서의 위협은, 제 모습을 환히 드러낸 채다. 그것은 가상 차원 사막이고 샘 샌드 듄이며, 바람에 모래 둔덕이 조금씩 무너져 내리듯 말할 수 없이 느린 속도로 노골적으로 그녀의 심장을 죄어온다. 샘 샌드 듄은 그녀의 눈에, 편편하게 펼쳐진 거대한 회색 올가미처럼 보였다. 이렇듯 빤히 노골적으로 드러나 보이는 위협 앞에, 이렇듯 속절없어보긴 처음이었다. 모든 것이 이렇듯 환하고 투명하게 드러나 보이면서, 이렇듯 아무것도 손에 쥐고 있는 것이 없어보긴 처음이었다. 그녀는 텅 빈 두 손을 활짝 펼치곤 어린아이처럼, 차차 죄어오는 모래 올가미 한가운데를 노닐고 있었다.

"거대 팬을 찾자, 모비. 찢고 돌아가는 거야."

모비는 메꽃의 제안을 무시했다. 아니, 들리지조차 않았다. 그는 몰두하고 있었다. 이것도 아냐, 저것도 아냐, 아냐, 아냐, 아냐, 하는 자기 속의 목소리에 몰두하고 있었다. 싯누런 폴립 군체 덤불을 그냥 타 넘기도 했다. 이 운동체도 아냐, 저 운동체도 아냐, 기지로 돌아가지도 않을 거야, 거대 팬을 찾는 것도 아냐, 이도 저도 아냐, 아냐. 이것도, 저것도 아냐……

연료가 바닥났다. 결국 그는 호버 탱크를 착륙시키곤 사막으로 내려왔다. 메꽃은, 이제 겨우 신경이 회복되고 있는데 사막에서 뼈다귀만 남아 모래에 파묻히게 생겼다고 히스테리를 부렸다. 모래가 발등까지 빠졌다. 거대 팬이 내뱉는 나지막한 허밍이 들려왔다. 사막의 대기에선 환경 물질의 알싸한 맛이 났다.

"이런, 씨발. 어쩔 거야!"

메꽃이 소리 지르고 있는 동안 그는 탱크에서 퓨전 디스럽터 건을 떼어내 어깨에 걸곤, 여분의 탄약상자를 메꽃에게 넘겼다. 그러곤 말없이 그저 앞으로 걸어나갔다. 궐련이라도 말아 피우고 싶었지만 그런 여유를 부릴 때가 아니었다. 메꽃을 위해서도 그렇고, 아직은 괜찮지만, 그 자신의 상태를 봐서도 그랬다. 의사 아나토미의 경고처럼, 언제 그의 시냅스가 신경전달물질의 속도를 견디지 못하고 죄다 끊어져버릴지 모를 노릇이었다.

"죽는 건 아쉽지 않지만, 이러면 죽는다는 걸 뻔히 알고 죽기는 싫어!"

메꽃은 모비의 어깨에 대고 쉴 새 없이 불평을 터뜨렸다. 모비는 듣는 둥 마는 둥 했다. 거대 팬을 찾아 어떻게든 여길 빠져나갈 계획도 없는 듯했다. 딱 한 마디 하긴 했는데 그건, 그녀가 상황을 과장하는 경향이 있다는 충고였다. 엄살떨지 말라는 얘기였다. 죽지는 않을 테니……. 그녀가 길드에 가입했던 까닭은, 길드의 일이 목숨을 바칠 만큼 가치 있어 보여서가 아니었다. 삶이, 산다는 게, 그런 일에 목을 매도 좋을 만치 값어치 없어 보였기 때문이었다. 실제로 그랬다. 그만큼의 값어치도 없어 보였다. 그래도, 죽음이 이래서는 곤란하다.

"좋아, 모비."

그녀는 지친 나머지, 모비에게 최후의 제안을 했다.

"만약 여기서 내가 탈진해 쓰러지게 되면, 그냥 죽게 내버려 두지 말고, 날 쏴버려! 그편이 덜 창피하니까."

그녀와 모비는 저 바깥 실재 차원의 시간으로, 두 번의 저녁 식사를 더 먹을 시간만큼 사막을 걸었다. 그들에겐 마실거리도 먹을거리도 없었다. 잠도 거의 자지 않았다. 지난 마흔여 시간 동안 그녀와 모비는 모래 둔덕을 몇백 개씩이나 오르락내리락 했고, 폴립 덤불을 몇십 개씩이나 지나쳤고, 허밍을 내는 알 수 없는 존재에 몇 번씩이나 근접했다. 하지만 모비는 스쳐 지나가는 그 모든 것들에 무관심한 듯 행동했다. 그저 꾸준히 걸음을 옮기면서, 이따금 뒤돌아보며 그녀를 채근하고 독려해줄 뿐이었다.

메꽃은 모비만큼 강한 능력자가 아니었다. 강한 신경과 근육을 지니지 못했다. 거친 육체가 아니었다. 뺨에서, 눈물샘에서 눈물이 말라버린 지도 오래였다.

*

다시 한 번의 저녁 식사 시간이 더 지났을 때, 모비는 크게 한숨을 쉬며 무릎을 꿇었다. 그의 뒤로, 짐짝처럼 메꽃을 끌고 온 자국이, 십수 킬로미터나 이어져 있었다. 그 기나긴, 지치고 목마른 자국의 꼬리는 벌써 바람에 지워지고 있었다. 제거되고 있었다.

저녁 식사 시간이 넘었지만 뙤약볕도 그대로고 기온도 일정하게 사십이 도와 사십삼 도 사이를 오가고 있었다. 사막엔 밤도, 아침 식사 시간도, 저녁 식사 시간도 낮도 없었다. 그는 주저앉은 채로 마른침을 뱉었다. 머릿속이 열기로 꽉 차 활활 타는 느낌이었다. 현기증이, 두통이, 쑤시고 흔들고 사방을 긁어

대고 있었다. 심장이 터질 듯하고 가슴뼈가 달싹이는 게 눈에 보일 정도였다. 그는 모래에 이마를 처박고 쓰러진 그녀의 두 손목을 잡고 온종일 사막을 가로질렀다. 메꽃도 지금 나 같을까. 그는 고개를 돌려 메꽃을 봤다. 그녀는 탈진의 끝에 이르러, 이제 고통을 느낄 여유도 없어 보였다. 그녀는 그가 끌고 오던 그대로, 두 팔을 머리 너머로 길게 뻗은 채 모래 위에 반듯하게 누워 있다. 손등을 입술에 대어보니 새근새근, 옅은 숨결이 느껴졌다. 아직 덜 죽었구나, 하고 그는 중얼거렸다. 잠시 후, 그도 모래에 이마를 처박았다.

"이봐, 이건 옳지 않아."

누군가의 목소리가 들렸다. 낯익은, 들어본 목소리였다.

"MC 구역의 모비가 이 정도라니!"

모비는 귀찮다는 생각뿐이었다. 그는 눈을 뜨지 않았다. 눈꺼풀의 존재조차 잊어버리고 싶었다.

"요즘 젊은 친구들은 너무 빨리 살고, 너무 빨리 기절해버려."

등에 내리쬐는 뙤약볕이, 전에 없이 따뜻하게 느껴졌다. 그건 피부가 벗겨질 정도의 뜨거운 광선이 아니었다. 냉랭하게 식어가는 그의 등을 감싸주고 어루만져주는 포근한 온기였다.

"시냅스 평계는 대지 마. 아직 한 가닥도 부러지지 않았으니까. 끊어진 건 아무것도 없으니까."

쇳덩이처럼 무거웠지만, 그는 억지로 팔다리를 비틀어 몸을 둥글게 말았다. 두 무릎에 턱을 묻곤 나직이 숨을 내쉬고, 다시 한 번 잠을 청했다. 움찔하고 두 귀를 떨었다. 따뜻한, 포근한 그의 잠을 훼방 놓는 저 목소리를 떨어버리기라도 하려는 듯.

"호흡 구체들의 메인 시스템을 찾고 있다고 했나? 호흡 구체들을 제어하고 통제하는 메인 시스템을 찾고 있어?"

그는 저도 모르게 고개를 끄덕였다. 귀찮아서 고개를 흔든 것인지도 모른다. 이건 그 허밍과 닮았군, 하는 생각이 문득 들었다.

"말단을 통제하는 중추를 찾고 있다고 했나? 코어를 찾고 있다고 했나?"

그는 그래, 하고 저도 모르게 중얼거렸다. 바싹 마른 그의 혀가 입속을 헛돌았다. 혀뿌리 근처까지 모래가 씹혔다.

"말단신경들을 통제하는 중추신경을? 세상의 단 하나뿐인

코어를 찾고 있다고 했나?"

어쩐지 허밍 같다는 생각이 다시 들었다. 거대 팬의 허밍이
아닌, 샘 샌드 듄에서 근접하곤 했던 그 알 수 없는 운동체의 허
밍 같다는 생각이 들었다. 갓난아기 옹알이 정도의, 그 낮은 데
시벨의 허밍을 확성해놓으면 이런 소리지 않을까, 하는 생각이
들었다. 아냐, 부질없어, 죄다. 그는 고개를 들지도 눈을 뜨지도
않고, 모래 속으로 아예 파고들어가려는 듯이, 파고들어가 잠이
나 더 자려는 듯이, 몸을 더 낮게 웅크렸다.

"맙소사, 모비. 넌 헛다리 짚었어."

그는 고개를 들었다. 눈을 뜨려 했지만 눈꺼풀 위에 크나큰 모
래 둔덕이 하나 올라와 있는 것처럼 무거웠고 꼼짝도 하지 않았
다. 쌍, 씨발, 젠장, 하고 상소리가 입속을 거칠게 맴돌았다.

"이건 추상적인 타깃이야. 눈을 떠."

"눈을 떠."

그는 눈을 떴다. 두 다리로 꼿꼿이 버티고 서선 정면을 똑바
로 바라봤다. 위장화의 바닥이 모래의 표면에서 몇 밀리미터쯤,
가볍게 떠 있었다. 위장화 바닥에 초소형 부상 엔진을 달아놓은
것처럼, 아니면 위장화 바닥과 모래 사이에 얄따란 공기 매트가

끼워져 있는 것처럼, 그는 몇 밀리미터쯤 가볍게 떠 있었다.

"내가 뭐로 보이나?"

"질."

그는 질, 이라고 대답해놓고 그래, 그 소리는 질의 소리였어, 하고 생각했다. 눈에 띄는 건 없었다. 회색 사막뿐이었다. 질, 어딨는 거야? 상쾌한 느낌이 입안에 가득했다. 모래투성이에, 오염 물질의 알싸한 맛이 나던 좀 전의 느낌은 어디로 가고 없었다. 지금은 세척액으로 막 입안을 헹구고 난 듯한 느낌이었다.

"질, 이 새끼. 내가 죽였잖아."

"응, 그랬지. 그래서 이렇게 죽어 있지 않나."

그는 질의 말에, 고개를 치켜들었다. 이렇게 죽어 있다고? 심장이 두어 번 거칠게 뛰었다. 건조한 대기에 바싹 말라 침침했던 그의 두 눈이 다시 맑아지고 있었다. 환해지고 뚜렷해지고 있었다. 신경이 열리고 있었다. 그렇지만 여전히 새로 눈에 띄는 건 없었다. 시체를 보여줘. 네 시체는 어딨어, 질. 네 앞에. 그제야 뭔가 보이기 시작했다. 경련이 턱으로부터 시작해 두 뺨을 거쳐 이마에까지 타고 올랐다. 그는 움찔, 하며 소리 나게 입술을 빨았다. 이게 네 시체야, 질? 하고 혼잣말처럼 중얼거렸다.

다시 한 번, 짧고 강한 경련이 턱부터 이마까지 훑고 지나갔다.

"그래."

그건 확실히 질의 시체처럼 보였다. 자이 섹터의 어텀 그로브 구역에서 그가 너클 단검으로 목을 갈라준 그 질처럼 보였다. 질은 반듯하게 누운 자세로, 일 미터쯤 공중에 떠 있었다. 가지런히 모은 두 발이 그를 향하고 있었다. 십여 미터쯤 떨어진 거리였지만 그는 꽤 자세히 볼 수 있었다. 눈은 감았고, 입은 얄따랗게 다물고 있으며, 두 손은 깍지 낀 채 가슴에 모으고 있었다. 표정은 더할 나위 없이 차분했다. 누운 자세라는 것만 빼곤 그가 본 마지막 모습과 다르지 않았다. 매우 높은 수준의 강도로 신경을 제어하고 있는 모습이었다.

"시체가 별 폼을 다 잡는군."

그는 질을 향해 팔을 뻗었다. 뻗으면 손끝이 닿을 것 같았다.

"모비, 잊었어? 이건 추상적인 타깃이야."

추상적인 타깃이니, 만져지지 않을 거란 얘길까. 암만 손끝을 갖다 대도 잡히지 않을 거란 얘길까. 그는 바닥에 떨어진 퓨전 디스럽터 건을 향해 손을 내밀었다. 디스럽터 건은 가뿐히 떠올라주었고, 얌전히 그의 손에 잡혀주었다. 그럼 이것도 소용

없을 거란 얘길까? 방아쇠를 몇 번 잡아당겼다. 구 밀리 디스럽터 탄환이 십여 미터 밖 공중에 뜬 질의 몸을 훑고 지나갔다. 모래바람이 뽀얗게 치솟았다. 질의 몸은 멀쩡했다.

"이런, 산탄 미사일을 가져올 걸 그랬군."

그는 디스럽터 건을 다시 바닥에 내려놓았다. 하지만 질의 몸이 멀쩡하다는 것에 대해서, 아무런 반감도 들지 않았다. 이상하지도 않았고 기분이 상하지도 않았다. 오히려 쏘기 전보다 기분이 나아진 것만 같았다. 그는 이빨을 드러내곤 크게 미소 지었다.

"그래, 이거였군."

"아마도."

잠시 후, 질의 신체는 찢겨나갔다. 그는 아무 짓도 하지 않았다. 질의 신체 내부의 압력이 느닷없이 상승한 듯 보였다. 커다랗게 부풀어 올라선 터져버렸다. 두 눈알이 뽑혀 몇 미터나 치솟아 오르더니, 팔다리가 그리고 살갗이 아무렇게나 잘게 찢겨 터져 올랐다. 뼛조각들이 미친 듯 튕겨 나왔다. 질, 당신은 정말…… 그는 놀라지도 않았다. 그는, 제 삶의 순간순간이 어떻게 돼나갈지 예측해보기를 포기한 지 오래였다.

질의 신체들은 둥둥, 공중을 떠다녔다. 아주 흩어져버리지는 않았다. 보이지 않는 압력의 끈 같은 것이 조각조각들을 너무 멀리 튀어 달아나지 않도록 붙들어매두고 있는 듯했다. 질의 조각난 신체들은 공중에 뜬 채로, 그의 눈앞에서 느릿느릿 소용돌이치고 있었다. 지름이 삼사 미터쯤 되는 피투성이 공처럼도 보였고, 공중에 떠 천천히 회전하는 산탄 미사일의 검붉은 화염덩어리처럼도 보였다. 신체 조각들의 회전 속도는 점점 빨라졌다. 점점 빨라져 이제 조각들이 아닌, 한 덩어리로 보였다.

"질."

모비는 제 눈앞의 것을 불렀다.

"질, 나무가 됐군."

질의 신체는 나무가 됐다. 그것은 풍성하게 가지를 뻗고 잎을 매단, 크나큰 나무 한 그루가 됐다. 하나의 가지에 수백 쌍의 이파리를 달고, 그런 가지가 또 수천 개나 되는 크나큰 나무가 됐다. 가지들과 잎들은 늘어져 나무 전체를 감싸고, 나무가 깃든 공간 전체를 성기게, 그러나 틈이 보이지 않게 채우며, 사막의 바닥까지 내리 닿았다. 그것은 풍성하면서도 밀도가 낮았고, 투명하게 속까지 비치면서도 빈틈을 보여주지 않고 있었다.

회전은 멈추지 않았다. 천천히, 느릿느릿하지만 그것은 여전히

회전하고 있었다. 그것이 일으키는 쾌적한 바람이 그의 두 뺨을

가볍게 핥고 훑으며 모래를 떨어냈다. 그리고 그것에선 빛이 났

다. 그는 눈을 가늘게 떴다.

"질, 또 수작이야?"

질은 대꾸하지 않았다. 하긴 나무에 입이 달렸다는, 발성기

관이 있다는 얘기는 듣지 못했다. 그 대신 빛은 더 강해졌다. 광

휘였다. 그것은 자이 섹터의 어텀 그로브 구역에서 질을 제거할

때 보았던 그 빛이었다. 질의 전신을 뒤덮고 있던 그 광휘였다.

질의 뺨에서 이마에서 손등에서 살갗에서 나이트가운에서 질의

전신에서, 더할 나위 없는 차분함 속에서, 새하얗게 희게 발하

던 그 광휘였다. 수천 개의 가지와 수십만 쌍의 잎이 다 광휘였

다. 그것은 처음엔 광휘로 뒤덮인 커다란 나무처럼 보였다가 지

금은, 그 자체가 광휘인 어떤 것으로 보였다. 가지와 잎이 만들

어내는 그늘도 없었다. 한 조각의 옅은 그늘 한 점 없는, 충만한

광휘뿐인 나무였다.

"모비, 초고속 러시."

다시 허밍이 들려왔다. 그는 알아듣지 못했다. 그 소리는 반복됐고 차츰 커졌다. 그리고 마침내 그의 청각 신경이 감지할 수 있을 만큼 허밍의 데시벨이 충분히 커졌을 때, 그는 제 코앞으로 성큼 다가온 나무를 느낄 수 있었다. 아니, 광휘에 찬 나무 속으로 빨려 들어가는 자신을 느낄 수 있었다. 그는 나무 속으로 빨려 들어가고 있었다. 미친 듯이, 초고속으로, 너무 빨라 속도를 느낄 수 없을 만치 고속으로 빨려 들고 있었다. 아, 초고속 러시, 하고 그는 생각했다. 모비, 초고속 러시!

모비는 초월의 나무 어딘가에 서 있었다. 내부는 끝을 알 수 없을 정도로 넓고, 깊고, 높았다.

"어째 이 나무는 중심 줄기가 없는 것 같군. 줄기도 없고 뿌리도 없어……."

그는 주위를 둘러보곤 딱히 누구에게랄 것도 없이 중얼거렸다. 나무는 땅을 지탱해 서 있지도 않았고, 덩치를 지탱하기 위해 땅에 내릴 뿌리도 갖고 있지 않았다. 수천 개의 가지들을 한데 묶는, 기둥 줄기도 없었다. 가지들은, 광휘의 잎을 잔뜩 매달고, 나무 자체가 그런 것처럼 그저 공중에 떠 있었다. 뿌리도 기

등 줄기도 없이, 그저 가지들끼리. 그리고 그것들은 겨우 감지할 수 있을 만큼의 느린 속도로, 여전히 회전하고 있었다.

"그래, 이건 초월의 나무였지."

그는 생전 들어본 적도 없는 단어를, 배 속에서부터 알고 나왔다는 듯 지껄였다. '초월의 나무'라는 단어에 대해서 아무런 반감도 들지 않았다. 이상하지도 않았고 기분이 상하지도 않았다.

"질."

그는 질을 불렀다.

"나와 뭔가 공감하고 싶은 게 있는 거지? 뭣에 대해 나와 감응하려는 거야? 뭘 함께 나누려는 거야? 질, 난 벌써 내 온 신경을 활짝 열어놓았어!"

그는 자신의 전신이 빠르게 광휘로 물드는 것을 볼 수 있었다. 그리고 질의 목소리가 들렸다. 모비, 우리는 나무 하나를 고안해냈어. 질의 목소리는 사방에서 그를 향해 허밍처럼, 낮고 자그맣게 메아리쳐왔다. 마치 그를 둘러싼 수십만 쌍의 잎이 질의 목소리를 내고 있는 듯했다. 그 모두가 질의 입술인 듯, 입인 듯, 발성기관인 듯 질의 목소리를 내고 있는 듯했다. 이런 질이 여럿이군, 하고 그는 생각했다. 질이, 수백만 개야.

"그건 이 시 전체를 제어하고 통제할 중추 시스템의 밑그림이었지. 우리가 그린 그 밑그림은 나무의 구조를 닮아 있었어. 뿌리, 기둥 줄기, 가지, 잎이 다 있는."

"우리라니?"

그가 묻자 질의 목소리는 우리 초월자 계급, 이라고 답했다.

"그 나무의 뿌리에 해당하는 것은 프로그래밍언어의 보드였고. 우리가 시 전체의 운영을 계획하고 짜 넣고 실행하기 위해 고안해낸 프로그래밍언어의 보드였어. 그리고 그 맨 상부, 잎에 해당하는 것은 일반 언어의 공간이었고. 시의 각 세부 말이야. 그러니까, 우리는 프로그래밍언어의 보드에 앉아 시의 세부 전체를 제어하고 통제하고 운영했던 거야."

"독점했군."

"뻔한 얘기지. 보드는 우리가 독점했어."

"그리고 메꽃과 나는 다만, 말단 가지 끝의 이파리 몇 쪽만 훑을 수, 깰 수 있고?"

그는 하지만 기분이 상하지 않았다. 그 자신의 운명과 시의 운명을 쥐고 흔들 수 있는, 그런 프로그래밍언어를 독점한 지배 계급을 향한 아무런 반감도 생기지 않았다.

"그 보드는 어딨지? 응? 어딨어? 내가 깨줄게!"

"보드는 이제 없어. 둘러봐, 이 나무에 기둥 줄기가 있나? 뿌리가 있어? 보드는 들키기 쉬운 표적이지. 그건 우리가 없앴어. 이건 새 밑그림일세. 새 디자인이야. 기둥 줄기도 뿌리도 없는, 가지와 잎만 있는. 중추 없이 말단만 있는."

그는 고개를 갸웃했다. 코어가 없다는 얘기가 이 뜻이었을까.

"그렇담 제어를 어떻게 하지? 통제는 누가 해?"

질의 목소리는 사라졌다. 한동안 초월의 나무에는 침묵만 흘렀다. 그는 구태여 떠도는 소리를 잡으려 귀를 기울이지 않았다. 떠다니는 이미지를 잡으려 눈을 돌리지 않았다. 그의 전신은 이제 광휘에 완전히 물들어, 온통 하얗게 새하얗게 환해져 있었다. 그 스스로 광휘를 발하고 있었다.

"너와 내가 하지."

"모비, 시를 통제하는 메인 시스템 따위는 없어. 세계를 통제하는 거대한 기계 따위는 없어, 이 나무처럼. 기둥 줄기도 뿌리도 없이, 무수한 나뭇가지와 나뭇잎으로만 이뤄졌어…… 넌 점점 빨라지고 있잖아, 그렇지? 모비, 초고속으로 살고 싶지 않아? 삶의 매 순간 초고속 러시를 하고 싶지 않아?"

"초고속 러시의 삶?"

그는 모르겠다는 표정을 지었다. 그는 턱을 치켜들며 문득 떠올랐다는 듯 덧붙였다.

"메꽃은? 메꽃은?"

"메꽃도 지금, 이 초월의 나무 어딘가에 있지. 그녀를 볼 수 있나? 그녀도 질과 이야기를 나누고 있지. 초고속 러시의 삶에 대해. 너는?"

둘러보았지만 메꽃의 모습은 보이지 않았다. 갑자기, 바람에 나뭇잎 쓸리는 소리가 커다랗게 그의 귓전을 때렸다. 이런, 메꽃이군. 그는 고개를 끄덕였다. 메꽃이 날 재촉하고 있어. 넌 벌써 나무의 일부가 됐구나. 그는 질의 물음에 답을 했다. 그는 짧고 분명하게, 고개를 끄덕였다.

"내가 초월자가?"

그의 머리카락들로부터 몇 가닥, 두터운 전광이 뻗어 나왔다. 질의 이마 위에서 보았던 바로 그 전광이었다. 그는 이제 자신이, 초월의 나무의 일부가 되는 것이라고 생각했다. 중추신경 없는 말단 신경, 즉 독립 신경이 되는 것이라고 생각했다. 자기

자신이 세계가 되는 것이라고 생각했다. 그리고 그 생각들은,
빠르게 사라졌다. 어떤 것에 대한 완벽한 확신은, 그것에 대해
더 이상 생각하지 않는 것이다. 생각이 사라짐과 동시에, 그는
광휘가 됐다. 광휘 한줄기가 됐다. 메꽃,

    러시!

2003년의 작가의 말

이 소설은 지난 1999년에 쓰여졌다. 시기적으로 《목화밭 엽기전》의 뒤에 위치한다. 그 전해에 인도 여행을 했다. (다른 이들이 흔히 그러듯이) 나는 그것으로 여행 소설이나 쓸까 했다. 그래서 일지도 기록하고, 되지도 않는 플롯을 짜보기도 했다. 행인지 불행인지, 나는 그 정도 짧은 여정으론 본격적인 글을 쓸 수 없다는 사실을 금세 깨달았고, 결국 그 여행에서 얻은 감상들은 이 깔끔한 SF 소품이 되어서 나왔다. (왜 하필 SF였는지는 지금도 수수께끼다.) 가상 사막 샘 샌드 듄이나 마켓들의 상반된 풍경들, 계급 구조, 몇몇 인물들의 묘사는 분명 그 여행에서 얻

215

어졌다.

소설에 나오는 무기들이나 장비들은 기왕의 무기 전쟁 관련 서적들을 참고했다. 도판이 곁들여진 그 책들에서 얻은 정보에, 별것 아닌 내 과학 상식을 덧붙였다. 그 나머지 것들은 거의 내가 만들었다. 호흡 구체, 가상 사막 시스템, 폴립 군체, 에코 대미지 베이비, 초월의 나무, 이식 인간 등등. 그것들이 얼마나 과학적으로 타당한가 밝히는 일엔, 그때나 지금이나 별 관심이 없다. (한 가지만 설명하자면) '초월의 나무'가 가리키는 건, 그냥 네트워크 시스템이다. 처음엔 거미줄이나 그물을 쓸까 했지만 그런 이미지들엔 생육, 생장, 진화 같은 생태적 개념들을 담을 수가 없었다. 그래서 기둥 줄기 없이 숱한 가지와 잎들로만 이뤄진, 추상 차원의 나무를 생각해냈다.

2019년의 작가의 말

초판의 작가의 말은 생략할까 했지만, 창작에 관련된 정보들을 담고 있어 그대로 실었다. 《러셔》의 기초가 되었던 인도 여행의 진짜 이야기는 2013년에야 겨우 〈혀끝의 남자〉가 되어 나왔다. 오래 쉬다가 처음 쓰기 시작한 게 또 하필 인도 여행 소설이 었다니, 삶이란 모를 일 투성이다.

《러셔》는 처음 나왔을 때는 거의 주목을 받지 못한 소설이었다. 화제도 되지 않았고 팔리지도 않았다(15년에 걸쳐 초판 3000부(?)가 서서히 나간 게 아닐까). 지금 검색을 해보니 《러셔》가 우리나라 SF 분야에서 뭔가 의미 있는 위치에 오른 모양인데, 그런 평가가 나온 것도 내가 소설가를 그만두고 한참이나 지나서였다. (그래서 요즘 SF를 써서 각광받는 후배들을 보면 아주 살짝 섭섭한 기분도 든다.)

《러셔》는 나오자마자 잊혔다가 나중에야 그런 소설이 있었지, 하고 사람들이 알게 된 책이다. 실은 내 책들 대부분이 그런 과정을 겪는다. 숙명이 아닐까. 하지만 나는 숙명을 믿지 않으니 그냥 왜 그런지 모른 채로 두어야겠다. 아주 적은 가능성을 보고 재출간을 결정해준 한겨레출판사에 감사의 마음을 전한다.

러셔

ⓒ 백민석 2019

초판 1쇄 인쇄 2019년 2월 19일
초판 1쇄 발행 2019년 2월 21일

지은이 백민석
펴낸이 이상훈
편집인 김수영
본부장 정진항
기획편집 김준섭 정선재
마케팅 조재성 천용호 박신영 조은별 노유리
경영지원 이해돈 정혜진 이송이

펴낸곳 한겨레출판(주) www.hanibook.co.kr
등록 2006년 1월 4일 제313-2006-00003호
주소 서울시 마포구 효창목길 6(공덕동) 한겨레신문사 4층
전화 02-6383-1602~3 **팩스** 02-6383-1610
대표메일 munhak@hanibook.co.kr

ISBN 979-11-6040-229-2　03810